Les Purificateurs

Épisode IV : Robert

© Éditions La Rose du Soir
ISBN : 978-2-37846-022-8

Marie d'Ange

Les purificateurs Libera nos

Épisode IV : Robert

"Mieux vaut tenir le diable dehors,
Que de le mettre à la porte."
(Proverbe écossais)

Marie d'Ange

Les purificateurs Libera nos

Épisode IV : Robert

"Mieux vaut tenir le diable dehors,
Que de le mettre à la porte."
(Proverbe écossais)

Introduction

Mois d'août à Paris. Un mois étouffant, irrespirable. Surtout pour nos trois camarades, Yannick, Raphaël et Lucas, qui n'avaient jamais vécu à Paris. Résidants depuis peu dans le 13e arrondissement, au troisième étage d'un immeuble vétuste, les trois amis se réjouissaient, cependant, d'avoir la chance de pouvoir rester ensemble pour cette audacieuse aventure. Les seuls avantages du logement, être proche de leur nouvel emploi et à proximité de l'Université. Ainsi, comme l'avait fait remarquer Lucas lorsque les trois colocataires avaient visité leur futur pied-à-terre : « on sera des adultes dans l'entreprise, et on ira à la cafétéria de l'Université pour les pauses, histoire de nous sentir encore un peu étudiants. » Et bien que l'appartement n'était pas moderne et tombait en ruine faute de travaux de rénovation, qu'il était un brin cher (« on est à Paris, avait dit Yannick, ici un 30 mètres carrés tu le paies une paye complète ! »), que le voisin de palier était un type bizarre qui vivait avec une trentaine de chats (« pour une fois que c'était un homme et pas une femme amie des matous », avait dit Yannick, phrase à laquelle Raphaël avait répondu : « cet homme-là doit un être une donzelle refoulée, pas possible autrement. »), c'était leur premier "chez eux", et ils respiraient le bonheur. Au moins, le quartier avait l'air sympa et animé. Et puis, ils ne feraient que dormir dans cette piaule typiquement parisienne !

Yannick Perdurin, Raphaël Bison et Lucas Capodici s'étaient connus sur les bancs de la prestigieuse École polytechnique de l'université de Lorraine, située à Nancy. Cinq ans d'étude, cinq ans d'entraide, cinq ans de rires, cinq ans d'amitié. Le diplôme d'ingénieur de l'information et des systèmes en poche, ils ont postulé dans plusieurs grandes boîtes avec l'espoir qu'une même entreprise retient leur CV.

Quelle surprise de recevoir, tous les trois, une demande d'entretien de la Société Accenture, dont le siège se trouvait dans le 13e arrondissement de Paris, et d'y avoir obtenu un poste après les entrevues passées fin juin ! Et l'annonce de l'acceptation de leur candidature arriva alors qu'ils s'étaient offert un voyage aux États-Unis pour fêter leur diplôme et le début d'une nouvelle vie, le début de la véritable autonomie. Finie la vie d'étudiant, place à la vie d'adulte avec ses avantages et inconvénients. Le plus gros avantage : ne plus dépendre des parents financièrement. L'inconvénient majeur : s'occuper des factures, du loyer. Et du ménage !

Aussitôt rentrés de leur escale à Key West, en Floride, où ils en avaient profité pour voir le Fort East Martello Museum, ils s'étaient attelés à la recherche d'un appartement à Paris. Sans trop de difficultés, disons-le. Sur ce coup, ils eurent de la chance. L'agence leur trouva rapidement un quatre pièces dans le 13e arrondissement de Paris qui correspondait à leur unique critère : le logement devait comporter trois chambres. Les trois amis le visitèrent et signèrent le bail dans la foulée.

Excités, ils emménagèrent dans leur nouvel appartement. La décoration n'était pas leur truc et aucun ne s'en occupa. Ils se contentèrent de poser les meubles, de s'offrir un énorme écran plat, un canapé confortable et de prendre un abonnement à internet. Comment vivre sans internet de nos jours ? Cela était tout bonnement impossible pour eux ! Ils pouvaient vivre sans plaques de cuissons, mais pas sans internet ! D'ailleurs, aucun des trois n'avait pensé à acheter une plaque de cuisson ou une gazinière. Un percolateur pour le café du matin (indispensable !), grille-pain et four à micro-ondes. C'était tout ce dont ils avaient besoin.

Ils devaient commencer leur nouveau travail début septembre et avaient décidé de profiter des vacances d'été pour visiter chaque établissement artistique, chaque endroit animé, chaque petit théâtre de la capitale, chaque bar irlandais que comptait la Ville lumière. À Paris, les perspectives d'amusement devenaient illimitées.

Les premiers jours de leur vie parisienne rimèrent avec fête perpétuelle, entre les sorties, les rencontres, les découvertes. Ils s'émerveillaient des musées, des monuments, de l'ambiance dans les quartiers… Mais, très vite, un mal inconnu les frappa, le genre de mal qui vous donne l'impression de n'être plus à sa place, de ne pas avancer, de ne rien trouver de passionnant ou de récréatif… La fête perpétuelle se transforma en ennui perpétuel. Pire, pour la première fois en cinq ans d'amitié, de violentes disputes éclatèrent entre les trois jeunes hommes. Souvent pour des choses futiles d'ailleurs. L'ambiance à la maison devint électrique, pesante, morose. Personne n'expliquait cette situation. Comment trois garçons qui possédaient tout pour être heureux, à qui un avenir radieux s'ouvrait devant eux, peuvent-ils à ce point tomber dans la dépression et ne plus se comprendre ? Incompréhensible ! Irréel !

Yannick Perdurin avait peut-être une idée sur la cause de ce malheur. Il devait en parler à ses amis, mais ne savait pas comment amener la chose.

Seul, assis sur le canapé du salon, il fixait l'écran noir de la télévision. Il se souvenait du bon vieux temps, celui des études, celui des rires et de l'insouciance. Celui où Lucas, le boute-en-train du groupe, sortait des phrases du genre : « J'hésite à me mettre à Candy Crush. Paraît que c'est vachement addictif. En fait non, je vais me mettre à l'héroïne, c'est plus prudent ! » Yannick sourit. C'est vrai qu'il pouvait parfois se montrer très drôle Lucas. Comme le jour, ou plutôt la nuit, où Lucas et lui discutaient dans un bar branché de Nancy. Soudain, ils s'aperçurent que Raphaël avait disparu. Ils l'avaient cherché partout, pour enfin le retrouver sur le parking souterrain de la ville, à l'intérieur d'une voiture, une Fiat 500, en compagnie d'une somptueuse blonde. Comment lui, ce grand gaillard, avait-il pu se plier pour entrer dans cette minuscule voiture et faire des galipettes ? Lucas avait haussé les épaules : « À 20 ans, tu fais l'amour en chantant "Formidaaable" et à 24 ans, c'est ton gosse qui va chanter "Papaoutai" ». Raphaël était le tombeur du groupe, le beau gosse, le badass comme disent les jeunes. Sportif au visage d'ange, il emballait les filles plus vite que son ombre ! Au grand désespoir de Lucas, qui n'avait que son humour pour séduire. Quant à Yannick, il était l'intellectuel, le sage de la bande et toutes ces histoires de filles ne l'intéressaient pas, peut-être tout simplement, parce qu'il ne plaisait pas aux filles. Yannick était convaincu que sa princesse arriverait bientôt et qu'il connaîtrait le bonheur éternel dans ses bras.

Yannick s'étira. Il avait passé toute la nuit assis sur ce canapé, sans réussir à fermer l'œil, à cogiter sur ce qu'il se passait en ce moment avec ses amis. Il repensa à son cauchemar et frissonna. S'il ne voulait pas sombrer dans la folie, il devait agir rapidement.

Lucas entra au salon.

— Salut, t'as bien dormi, demanda-t-il à Yannick.

— Ouais, ça peut aller.

Mensonge nécessaire. Parfois, le mensonge s'avérait nécessaire, comme l'était l'hypocrisie, un mal nécessaire aussi. Lucas en lui demandant s'il avait bien dormi se montrait hypocrite puisqu'il n'attendait aucune réponse et Yannick menteur en lui répondant qu'il avait passé une bonne nuit, ce qui n'était visiblement pas le cas. Il avait passé une partie de la nuit à chasser ses angoisses et une autre partie à essayer de trouver une solution pour apaiser ces angoisses.

— Perso, continua Lucas, j'ai fait cauchemar sur cauchemar, c'était terrible.

Yannick leva la tête et regarda son ami. Cheveux en bataille, yeux rouges et hagards. Effectivement, la nuit fut aussi une épreuve pour lui. D'habitude si jovial, il semblait vidé de sa joie de vivre, sentiment remplacé par une profonde lassitude qui le tirait vers la dépression. Il tremblait. Où se cachait le garçon si enjoué, toujours le sourire aux lèvres, toujours une blague prête à sortir de sa bouche ou le bon mot qui détendait l'atmosphère ? Yannick aussi était fatigué, il n'arrivait plus à réfléchir. Tant d'évènements bizarres s'étaient produits depuis leur emménagement dans leur appartement, qu'il ne savait plus quoi penser. Folie ? Mal du pays ? Il ne savait plus quoi croire.

Il entendit le voisin de palier appeler ses chats dans le couloir. Lui au moins jouissait d'une vie tranquille, casanière.

— Il faut que l'on fasse quelque chose, dit Yannick. Et vite. J'vais pas tenir longtemps comme ça. C'est insupportable.

— T'es au courant qu'on peut rien à faire ? On est condamné parce qu'on a fait une grosse bêtise et qu'on doit payer. On récolte ce que l'on sème. Là, la graine était très mauvaise, mais elle a germé et s'est transformée en pourriture.

— Il doit bien avoir une solution ! Un prêtre peut peut-être nous aider ou quelqu'un d'autre, un spécialiste de la question...

— Et quoi ? Tu vas aller trouver un prêtre en lui disant s'il vous plaît aidez-moi, mes amis pètent un plomb, j'vois des choses étranges pendant la nuit et un d'mes copains fait des poussées de neurones inversés et se met à chanter ? Mais personne ne va te croire ! Tout ce qui nous arrive se passe dans nos têtes, et plus on y fait attention, plus les phénomènes deviennent nombreux, comme si le simple fait d'y penser les faisait se produire. Donc, on ne doit plus y penser et tout s'arrêtera.

— Tu l'as vu comme moi, la crise de Raphaël, c'était pas une hallucination !

Au même moment, Raphaël débarqua au salon, tenant la poupée Léon dans sa main. Lui aussi semblait avoir très peu dormi. Yannick le dévisagea avec méfiance. Il craignait sa colère qui pouvait surgir subitement, sans prévenir. Raphaël n'aimait pas que l'on parle de ses crises.

— Bon les gars, secouez vos miches ! On dirait des zombies ! On réagit, on respire et surtout, on réfléchit. Ces histoires de poupées hantées, ça n'existe pas. C'est du vent. Des Conneries ! Des trucs inventés pour foutre la trouille aux mômes ! Regardez, Léon est totalement inoffensif !

Il secoua la poupée devant ses amis pour les narguer.

— Et tu proposes quoi, demanda Lucas.

— D'aller se vider la tête, de se casser de cet appartement et d'aller prendre l'air. Ça fait deux jours qu'on est enfermé. On n'ouvre même plus les volets putain ! Allez, on va manger quelque part dans un petit resto sympa, on va voir du monde et on va parler.

Il dissimula un sourire en coin, ce genre de rictus carnassier qui n'aurait pas plu à Yannick s'il l'avait remarqué.

— Justement, dit Yannick, on doit discuter à propos de ton nouvel ami.

Yannick se hasarda à jeter un œil à la poupée de chiffon. Un frisson glacial parcourut sa nuque. Ils avaient emporté dans leurs valises une chose démoniaque, terrible, qui les entraînait vers la mort. Se débarrasser de cette chose hideuse était la priorité. Comment ? Le jeune homme avait peur, il détourna son regard. Il ne pouvait plus supporter de la voir. Il avait bien essayé de l'enfermer dans un placard. Mais toujours, elle était réapparue, tantôt dans une chambre, tantôt dans le salon. Une fois même, elle avait surgi dans la salle de bain pendant qu'il prenait sa douche. Mais jamais elle n'était sortie de l'appartement. Et surtout, Raphaël ne voulait plus la quitter maintenant.

— Pas ici, répondit Lucas, pas devant elle.

Raphaël hocha la tête.

— T'as raison, allons en discuter dehors.

Bizarre qu'il accepte de lâcher Léon, pensa Yannick sans oser le dire.

****

Dans la soirée, attablés au bar irlandais Patrick's Le Ballon Vert, une Guinness devant eux, les trois amis restaient silencieux. Un match de rugby était diffusé à la télévision du pub. Des amateurs du ballon ovale criaient à chaque action, mais ces exhortations de joie n'arrivaient pas à chasser leur morosité.

Toute la journée, les trois comparses avaient essayé d'oublier la poupée que, par on ne sait quel miracle, Raphaël avait consenti à laisser à l'appartement. Pour le plus grand soulagement de Yannick. Les trois amis avaient visité la Cité des sciences et de l'industrie, s'étaient mêlés aux touristes qui affluaient dans la capitale en cette saison, pour la plupart des Japonais et des Anglais, avaient déjeuné dans un petit restaurant du 19e arrondissement, s'étaient promenés dans les parcs, avaient flâné le long des quais. Aucun des trois n'avait osé évoquer le problème Léon.

Et là, buvant une bière dans ce pub irlandais réputé, ils savaient qu'ils devaient en parler. Ils s'étaient forcés à sortir de leur appartement pour cela. Mais aucun des trois ne desserrait les lèvres. Lucas Capodici envia les personnes autour de lui, celles accoudées au bar, celles venues en groupe... Comme elles semblaient joyeuses, insouciantes. Lui se sentait mort à l'intérieur. Une impression douloureuse qui ne le quittait plus depuis plusieurs jours. Il regarda son ami Raphaël. Pâle, les yeux cernés, il fixait sa Guinness. D'habitude, il aurait essayé d'entamer la conversation avec les deux jeunes filles assises près de leur table. Le genre de nanas très mignonnes qui attiraient habituellement Raphaël, peut -être anglaises, il adorait les Anglaises, car trouvait leur accent très affriolant. Là, il ne les avait même pas remarquées et cela ne lui ressemblait pas.

— Écoutez, dit Lucas, on est venu ici pour discuter et on ose à peine s'adresser la parole. On ne peut plus continuer comme cela, il faut vraiment qu'on se parle.

Raphaël repoussa son verre.

— Elle est vraiment dégueulasse. Elle a un goût avarié.

Yannick le regarda avec étonnement. La Guinness était succulente, fraîche à souhait.

— On s'en fout de la bière, dit Lucas. Occupons-nous de la poupée.

— Et tu veux qu'on dise quoi, demanda Raphaël. Qu'elle est maudite, on le sait. Qu'on a fait une belle connerie ? On le sait aussi. Tu veux qu'on fasse quoi ? Qu'on la transporte dans une église et qu'on la planque en dessous d'un banc. Puis, on s'tire en s'bidonnant comme des fous avec l'espoir d'avoir neutralisé l'esprit qui se cache dans Léon. C'est nul ! J'suis sûr que t'es conscient qu'on est dans la merde et qu'on peut rien y faire.

— Alors quoi, répondit Lucas, tu proposes qu'on se laisse tuer ? Parce que c'est son plan, elle veut nous anéantir. Elle nous pourrit la vie ! Depuis qu'on l'a, on devient des cadavres. J'en peux plus des cauchemars, des réveils nocturnes, des journées passées à tourner en rond dans l'appartement, de ce besoin quasi maladif de regarder des scènes dégoûtantes de cul sur l'ordi. C'est malsain. J'crois que c'est la poupée qui m'force à faire ça. Après j'me sens sale, tout dégoûtant à l'intérieur. Et puis, on se parle plus et quand on s'adresse la parole, c'est pour s'fritter. Putain, on s'est jamais disputé et il a fallu cette poupée pour qu'on commence à s'emboucaner entre nous !

Raphaël éclata de rire.

— T'es sérieux ? T'accuses une poupée de te pousser à un être un gros pervers ? Ça c'est trop drôle ! J'ai jamais entendu une chose pareille ! Mais mec, la poupée n'y est pour rien si t'es un gros pervers et qu'à force de pas tremper le biscuit tu deviens fou.

Lucas baissa la tête, vexé. Il s'était confié à ses amis et voilà que l'on se moquait de lui. Il avait l'impression d'être incompris. Une solitude intense l'envahit. Mais peut-être que Raphaël avait raison, peut-être était-il un pervers refoulé et qu'il luttait en vain pour combattre sa perversion. Il ne savait plus quoi penser. Yannick ressentit le désarroi de son ami.

— Je pense que tu as raison Lucas, c'est la poupée qui nous fait faire n'importe quoi. On a trouvé un bon job dans une grosse entreprise. On était content de travailler ensemble, mais aujourd'hui, je pense à retourner chez mes parents, de tout laisser tomber. Ce qui devait être une belle aventure à Paris vire au cauchemar. J'en peux plus de cet appartement, de cette vie. J'arrive plus à dormir la nuit, j'entends des bruits chelous, j'vois des trucs bizarres, c'est insupportable.

— Et alors, tu penses faire quoi, demanda Raphaël.

— On brûle la poupée, répondit Lucas. C'est la seule chose à faire.

— J'ai lu, continua Yannick, sur un site sérieux, qu'on doit la brûler tout en récitant des prières.

— La bonne blague, railla Raphaël. Et tu crois qu'elle va se laisser faire ! C'est trop risqué, j'marche pas.

— Et tu proposes quoi, demanda Yannick.

— De l'abandonner dans une église, de s'en laver les mains. Les curés sauront quoi faire avec cette poupée.

Yannick hocha la tête ; l'idée paraissait tentante, mais aussi terrifiante. Quelqu'un pourrait prendre la poupée maudite chez lui, ou même la toucher, le Mal qu'elle abrite pourrait l'infester à son tour. Ils ne pouvaient pas risquer que ce Mal qu'ils avaient invoqué frappe un innocent.

— Non j'suis pas d'accord ! On a fait venir l'esprit dans Léon, à nous de le faire partir !

Raphaël souffla et se saisit de son verre de bière. Il porta le breuvage à ses lèvres, but une gorgée, qu'il recracha aussitôt.

— Mais putain, c'est vraiment de la merde cette bière !

Il posa violemment la chope sur la table. À l'intérieur, la bière s'était transformée en un liquide rougeâtre, épais.

— C'est quoi ça ?

Raphaël attrapa à nouveau le récipient, et sentit son contenu.

— On dirait du sang.

Il donna le verre à Lucas, qui le renifla à son tour. Il plongea son doigt pour recueillir un peu de boisson, qu'il goûta.

— C'est du sang.

Yannick devint soudain très pâle.

— Vous savez ce que ça signifie ? Ça signifie que l'esprit qui est enfermé dans la poupée a gagné en puissance. Maintenant, il peut sortir de Léon et nous suivre. Il peut aussi transformer de la bière en sang ! Putain ! J'ose même pas croire que j'ai pu dire ça !

Un silence glacial s'installa entre les trois amis, silence qui contrasta avec le vacarme qui régnait autour d'eux. Yannick se prit la tête entre les mains. Il retenait avec peine des larmes qui voulaient jaillir hors de ses orbites. Il tremblait. Raphaël le regardait. Un sourire carnassier défigurait son visage.

— Léon peut nous suivre partout, dit-il, et justement, il a voulu que l'on soit ici, parce que je dois faire quelque chose d'important pour lui.

Soudain, une douleur fulgurante l'assaillit au niveau de la tête, une torture telle qu'il ne put retenir un cri aigu qui sembla durer une éternité. C'était comme si quelqu'un était en train de lui ouvrir le crâne avec un marteau et un burin. Ses deux amis sursautèrent, se levèrent d'un bond et reculèrent de la table. Du sang se mit à couler de son nez. Ses yeux se révulsèrent. Ses traits changèrent. Raphaël se transforma, en l'espace d'un instant, en une bête atroce. Sa lèvre supérieure se retroussa. Il hurla. Un cri animal, sauvage. Autour de lui, ce fut le grand silence. Les conversations cessèrent. Seule la télévision continuait à crier. Tout le monde se tourna vers lui.

— J'vais tous vous tuer, vociféra-t-il. Ne cherchez pas à me faire partir. Vous m'appartenez ! Vous êtes mes choses !

Et il se mit à rire. Un rire guttural. Inhumain. Lucas tenta de s'approcher de lui.

— T'inquiètes, ça va aller, viens on rentre à la maison.

Raphaël leva vers lui des yeux noirs, emplis de haine.

— Plus rien n'ira à présent. Vous allez mourir.

Avec rage, il fit valser la table à l'autre bout de la pièce, puis courut en direction de la sortie. Plus personne n'osait bouger. Yannick sanglotait. Il était terrifié. Raphaël passa devant un groupe de quatre amis qui étaient assis sur les tabourets du bar, immobiles, tétanisés de peur. Sans prévenir, il se jeta sur l'un d'eux et le mordit au niveau de la gorge. Du sang gicla. On entendit des cris. Ce fut le signal d'alarme. Tous se mirent à courir vers la sortie. Un videur agrippa Raphaël par la tête pour lui faire lâcher sa proie. Ce dernier émit un bêlement rauque. Sa victime tomba par terre, inanimée. Une plaie béante de plusieurs centimètres avait ouvert la jugulaire.

La mission

Dimitri pénétra dans la grande bibliothèque apostolique vaticane dans l'espoir de trouver des manuscrits concernant le mythe des vampires. L'endroit était d'une beauté à couper le souffle, avec ses voûtes somptueuses et ses fresques magnifiques. Il s'engagea à l'intérieur de la première salle Sixtine et la splendeur du lieu n'arrêtait pas de l'étonner. Ce n'était pas la première fois qu'il visitait cette immense bibliothèque, une mine d'informations pour lui, mais chaque fois, la magnificence du lieu, ses colonnes de marbre et ses peintures éblouissantes l'époustouflaient.

Le silence régnait dans cet endroit. Il remarqua trois hommes en soutane occupés à lire des documents anciens. Il s'avança. Ses pas résonnaient sur le carrelage. Le bruit retentissait et se réverbérait sur tous les murs de cette vaste pièce somptueuse. Un des prêtres leva la tête de son livre et lui lança un regard noir. Dimitri lui sourit et s'excusa à voix basse. Maudits mocassins à talonnette ! Il avait voulu donner l'impression de paraître plus grand, le voilà maintenant plus visible et surtout plus audible !

Il s'avança vers une table le plus doucement possible pour éviter de faire claquer ses talons sur le sol. Quelle idée de vouloir paraître plus grand avec des talonnettes ! Plus jamais on ne l'y reprendra.

Le Vatican avait chargé des étudiants de numériser la plupart des anciens manuscrits. Ainsi, chacun pouvait les consulter sur un ordinateur sans risquer d'abîmer des vestiges historiques par des manipulations excessives. Et c'est bien ce qu'il comptait faire, feuilleter de vieux documents numérisés liés au vampirisme, médicaux ou juridiques, peu lui importait. Son regard fut attiré vers le fond de la salle. Un homme était assis à un bureau, les yeux rivés sur l'écran d'un ordinateur. Aussitôt il le reconnut : Daniel Zio. Pourquoi notre officier consultait-il les livres de la bibliothèque apostolique vaticane ? Que cherchait-il ? Curieux, Dimitri décida d'aller saluer afin de percer ce mystère.

Le démonologue se mit à marcher vers le militaire. Chaque pas retentissait avec force sur le carrelage et faisait écho contre les murs de cette grande bibliothèque qui jouait le rôle d'une énorme caisse de résonnance. Le prêtre de tout à l'heure lui adressa à nouveau des yeux réprobateurs. Dimitri lui répondit par un signe de la tête. L'entendant arriver près de lui, Daniel leva la tête et l'aperçut. Aussitôt, il lui sourit et lui fit signe de s'asseoir à côté de lui.

— Bonjour Dimitri, comment allez-vous ?

— Bien merci et vous ? Je ne pensais pas vous trouver dans ce temple du savoir. D'habitude j'y croise Crystal pour ses recherches ou Carlo. Lui, j'sais pas pourquoi il vient ici, certainement pour étayer sa culture générale. Mais vous ? Que cherchez-vous ?

— Rien en particulier. J'aime bien apprendre des choses nouvelles. Cette bibliothèque est un endroit calme, propice au recueillement.

— L'église est un endroit propice au recueillement, pas une bibliothèque.

Daniel baissa les yeux, le démonologue n'était pas dupe.

— En fait, en ce moment, dit Daniel, j'essaie de comprendre le fonctionnement de l'Église, ses Ordres... Le Père Onoffrio a bien tenté de me l'expliquer, mais j'ai rien pigé. Alors pour ne pas passer pour un idiot devant lui, j'essaie de trouver ces informations dans les livres.

Dimitri esquissa un sourire.

— En même temps, continua Daniel, j'essaie de comprendre le Mal Absolu. Pourquoi il agit ? Comment ?

— Le jour où vous découvrirez tout cela, faites-m'en un résumé voulez-vous.

— Mais vous, qui avez étudié ce genre de choses, vous n'en avez pas une idée ?

— Des idées ? J'en ai plein ! Mais toutes celles que je pourrais vous énoncer, vous les connaissez déjà. Personne ne peut expliquer pourquoi le Mal Absolu agit, certains vous diront parce que c'est son essence propre, d'autres diront parce que sa mission est de détruire l'humanité.

Dimitri observa son ami. Il semblait préoccupé par quelque chose.

— J'ai l'intuition que l'histoire de l'Église n'est pas ce qui vous intéresse vraiment, dit-il. Qu'est-ce qui vous tracasse ?

Daniel souffla. Il fixa le démonologue, voulut parler, mais se ravisa. Il passa une main sur ses cheveux coupés à la brosse.

— Allons, dit Dimitri, vous pouvez tout me dire. Nous formons une équipe et nous devons nous soutenir les uns et les autres. Marcher en crabe.

Daniel baissa la tête. Il se mit à tripoter un trombone entre ses doigts, signe de nervosité.

— Je préfère vous parler à vous plutôt qu'au grand chef. Voilà. Mais surtout ne me jugez pas, s'il vous plaît.

— Qui suis-je pour vous juger ?

— Vous savez que j'ai une formation militaire. J'ai dirigé des soldats dans des missions très périlleuses. On m'a habitué à regarder la mort de près, à regarder dans les yeux la violence et la barbarie dont peut parfois faire preuve l'homme. Mais ce que nous avons vu au Japon est au-dessus de tout cela, ou plutôt c'est tout cela en pire. J'ai jamais vraiment cru en ce genre de chose, même si je suis croyant, catholique, mais pour moi le Diable ne représentait qu'un symbole, le symbole du mal. J'ai jamais pensé que c'était un être vivant... J'sais pas si vous comprenez ce que je veux dire.

— Je comprends que trop bien votre sentiment.

— Pour la première fois de ma vie, j'ai eu peur.

Il releva la tête et observa son ami, qui l'encouragea à continuer avec un sourire.

— Je n'ai jamais ressenti la peur, celle qui vous tenaille les entrailles au point d'être incapable de bouger, sauf peut-être quand j'ai cru perdre ma mère il y quelques années de cela. Mais là, la peur avait un nom et j'ai pu la regarder dans les yeux. Aujourd'hui, je suis terrorisé parce que je ne connais pas ce Mal Absolu que l'on doit combattre.

— La peur est un sentiment destructeur, c'est une faille pour le démon qui s'y introduit pour toucher notre âme. Vincenzo est le mieux placé pour vous en parler et vous conseiller sur ce sujet. Il arrivera à faire taire vos doutes. Quant à moi, je peux vous enseigner un peu de démonologie pour que vous compreniez plus de choses. Mais, permettez-moi de vous faire part de ma conviction personnelle avec l'espoir que cela puisse vous aider. Je crois fermement que rien n'arrive sans l'accord de Dieu. C'est lui qui permet au démon de nous faire du mal, et s'Il le permet, c'est pour en tirer quelque chose de bien. Et si Dieu est le seul à pouvoir consentir à ce que le démon nous fasse du mal, c'est que le démon nous fait déjà tout le mal qu'il peut nous faire. Avoir la foi est primordial dans notre métier et se dire que Dieu nous aidera toujours dans notre mission. Au début, quand j'ai commencé ce métier, je ne savais pas que cela allait être aussi compliqué. Combattre le Mal Absolu est une activité qui demande beaucoup de forces et de discernement. Il y a quelques années, je travaillais avec des exorcistes et durant cette période beaucoup de choses bizarres me sont arrivées : voiture qui prend feu spontanément, bruits inhabituels et étranges dans ma maison… Tout cela parce que je ne me suis pas montré assez fort dans ma foi. J'avais peur. Et qui dit peur, dit que je n'avais pas assez confiance au Christ. J'étais un « homme de peu de foi », comme saint Pierre l'avait été. Un jour, alors que l'on s'occupait d'une femme possédée par plusieurs démons, j'ai vu et vécu l'enfer. C'était horrible comme histoire. La démoniaque se contorsionnait de douleurs, elle n'avait quasiment plus aucun moment de lucidité. Les attaques qu'elle subissait étaient vraiment horribles. Les démons ont déployé toutes leurs forces et ils se sont montrés dans leur plus simple appareil. Ils ont dévoilé leur vrai visage. Une vision cauchemardesque. J'ai eu très peur. Les démons ont senti cette peur. Ils ont profité de cette peur pour s'attaquer directement à moi et me menacer. La peur est devenue obsessionnelle, terrifiante et j'ai ouvert une grande brèche où ils ont pu s'engouffrer. Un démon a alors pris possession de mon corps. Cela a été horrible, une des pires expériences de ma vie. J'ai réussi à me libérer de cette emprise par la prière et les sacramentaux. J'ai compris que si Dieu avait permis cette épreuve, c'était justement pour affermir ma foi. Aujourd'hui, je n'ai plus peur. Et aujourd'hui, grâce à ce que j'ai vécu, je suis armé pour affronter le démon.

Ce discours toucha profondément Daniel Zio. Son esprit se gorgea de cette force, de cette confiance que lui avait accordée Dimitri en se livrant à lui de la sorte.

— Merci, merci beaucoup pour votre témoignage, dit-il.

— Si je puis me permettre un conseil, je pense qu'il serait judicieux d'ouvrir votre cœur à Vincenzo avant notre prochaine mission afin qu'il puisse prier avec vous.

— Je ferai cela, merci encore.

— Le plus tôt possible, nous avons rendez-vous dans une heure pour la réunion.

Daniel acquiesça, éteignit son ordinateur et se leva.

— Je m'en vais de ce pas le trouver.

****

Matt et Crystal furent les derniers à entrer dans la salle de réunions. Les autres membres de l'Ordre des Purificateurs les attendaient, tous ayant déjà pris place autour de la table ovale. Vincenzo s'impatientait et scrutait sans arrêt sa montre. Lorsqu'ils arrivèrent, il les accueillit avec un regard réprobateur, tandis que Dimitri leur envoya un grand sourire doublé d'un clin d'œil.

— Alors les amoureux, dit-il, on n'a pas fait attention à l'heure. Deux minutes de retard, c'est énorme !

Élisabeth émit un petit rire.

— Arrêtez Dimitri, ils ne sont pas en retard. Leurs montres ne sont pas réglées à la même heure que les nôtres c'est tout.

Crystal devint aussi écarlate que son châle en laine qui lui couvrait les épaules. Matt baissa la tête et se hâta de gagner sa chaise.

— On est désolé, dit-il, c'est ma faute. J'ai voulu montrer à Crystal un petit café très sympathique dans le vieux Rome réputé pour ses délicieux capucinos.

— Un vrai régal, ajouta Crystal, qui s'empressa elle aussi de regagner sa place.

— Pouvons-nous commencer la réunion, s'il vous plaît, dit Margareth avec un certain agacement. Nous avons un avion à prendre dans une heure.

— Pourquoi cette impatience, chère Margareth, vos bagages ne sont pas encore prêts, demanda Dimitri.

— Bien sûr que si, répliqua Margareth. Chose que je doute impossible pour vous, et c'est pour cela que je m'inquiète. D'ailleurs, je vous ai préparé un petit cachet pour votre mal de l'air à avaler une demi-heure avant le décollage avec un peu d'eau.

— Comme vous êtes bonne, une vraie mère pour moi.

Vincenzo sourit. Il aimait voir ses protégés se chamailler, se taquiner, rire entre eux. Cela apportait de la gaieté dans ce terrible sacerdoce que Dieu leur avait confiée et cette bonne humeur que toute l'équipe entretenait chacun à sa manière permettait de mieux appréhender les tensions. Un peu plus tôt, il avait discuté avec Daniel Zio et savait combien la dure réalité de leur mission était difficile à gérer pour certains. Il réclama l'attention des membres du groupe.

— S'il vous plaît, démarrons la réunion. Mademoiselle Louvière, c'est à vous.

Crystal se leva, se munit de sa télécommande et alluma le grand écran ainsi que le rétroprojecteur. Ces gestes firent tinter ses bracelets fantaisie. Alors, pour ne pas entendre ce carillonnement tout au long de son exposé, et surtout le faire subir aux autres, elle enleva ses quatre breloques qu'elle posa sur la table.

— Voilà, ça sera mieux comme ça.

Une photographie apparue sur l'écran, celle de trois hommes au visage jovial.

— Donc voici, de gauche à droite, Yannick Perdurin, 23 ans, Raphaël Bison, 24 ans et Lucas Capodici, 23 ans. Ces trois jeunes copains viennent d'obtenir un diplôme d'ingénieur et ensemble, ils ont trouvé un poste dans une entreprise basée à Paris. Jusqu'ici, rien d'anormal. Voilà les trois amis qui s'installent donc à Paris, nouveau départ qui va virer au cauchemar.

Seconde photographie. Celle d'un pub irlandais, le Patrick's le Ballon Vert.

— Un soir, nos trois amis décident d'aller boire un verre dans un bar irlandais branché de la capitale. Là, alors que la soirée commence à peine, Raphaël Bison devient fou et attaque un homme qui dégustait une bière au bar en compagnie de ses amis.

Troisième photographie. Une scène de crime.

— Il le mord au niveau du cou, morsure qui va transpercer la carotide. La victime va mourir de ses blessures. Deux agents de sécurité réussissent à le maîtriser, mais cela n'a pas été sans mal, puisque l'un d'eux a été blessé dans la bataille. Très vite, la police débarque sur les lieux et menottent Raphaël Bison qui se rend calmement et qui se ne souvient plus de rien. Quant aux deux autres amis, on les a retrouvés tapis sous une table, terrorisés. Et lorsque l'on veut les sortir de là, ils crient qu'une poupée veut les tuer. Tant bien que mal, on arrive à les sortir et, après un rapide passage aux urgences, ils sont transférés dans un asile psychiatrique par demande du préfet pour violents troubles du comportement. Quant à Raphaël Bison, très vite aussi, il a rejoint l'asile psychiatrique après plusieurs crises de démence. Tous trois sont actuellement en observation en unité pour malades difficiles de l'hôpital Saint-Anne. Je pense que Raphaël Bison y restera jusqu'à son procès. Quant aux deux autres, ils pourraient très vite rejoindre un autre service.

— A-t-on le rapport psychiatrique de ces trois hommes, demande Carlo.

— Bien sûr, dans votre pochette.

— La force de Raphaël Bison devait être très forte pour réussir à mordre un homme à mort, dit Élisabeth.

— Attendez, dit Daniel, moi je ne vois rien de diabolique dans cette histoire. Voici trois amis qui sortent dans l'intention de s'amuser et qui prennent tranquillement un verre dans un pub et qui, d'un coup, sont victimes d'une terrible crise et d'hallucinations. Certaines drogues peuvent expliquer un tel comportement. Peut-être ont-ils pris de la drogue avant ? Et même s'ils n'ont pas consommé de drogue, ils sont dans un bar donc forcément, ils ont dû boire au moins un verre de bière. Et là, ils font un accès de violence pour l'un et une belle de frayeur pour les autres. Est-ce que tout cela ne peut pas s'expliquer rationnellement ?

— Si les choses en étaient restées là, certainement, répond Crystal. Sauf que nos trois hommes n'ont pris aucune drogue, ils n'ont pas fini leur premier verre et d'après les témoins de la scène, Raphaël Bison parlait avec une voix étrangement grave. Des témoins racontent qu'à un certain moment, il s'est mis à hennir.

— Que sait-on sur ces trois personnes, demanda Vincenzo.

— Ce sont de jeunes diplômés, avec une scolarité exemplaire. Pas de problème de drogue ni d'alcool. D'après la famille, ils étaient normaux. Ils s'entendaient à merveille et avaient même prévu un voyage aux États-Unis pour fêter leur diplôme. Plusieurs membres de la famille, ainsi que des proches, ont remarqué de subtils changements de comportement après ce voyage.

— Il faudrait creuser de ce côté-là, dit Carlo.

— Peut-être qu'ils ont rapporté de ce voyage une nouvelle drogue, indétectable dans les prises de sang et qui crée ce genre de symptômes, dit Daniel.

— Et c'est quoi l'histoire de la poupée qui veut les tuer, demanda Matt.

— On n'en sait rien, répondit Crystal. En fait, la police française n'a pas beaucoup enquêté sur cette affaire. Ils ont préféré vite la classer, invoquant la folie. Des déséquilibrés, voilà comment les autorités ont étiqueté nos trois amis. Apparemment, en France, on manque de moyens pour s'occuper de ce genre d'affaires.

— Il faudra aussi creuser de ce côté-là, dit Matt.

— Donc, pour résumer, dit Carlo, nous avons trois jeunes diplômés à qui tout sourit et qui subitement, se mettent à avoir des comportements bizarres et violents. Quelque chose de démoniaque est, en effet, peut-être derrière toute cette histoire.

— C'est pour cela que nous nous rendrons à Paris, dit Vincenzo, et que nous tenterons de découvrir la vérité. Dans un premier temps, Père Rinaldi, vous parlerez avec le psychiatre qui s'occupe de ces jeunes hommes. Je vous assisterai. Puis, nous irons les interroger dans une démarche médicale, avant de procéder à un éventuel exorcisme pour établir un diagnostic. Pendant ce temps, mademoiselle Louvière, fouillez le passé de ces trois jeunes hommes. La moindre chose suspecte peut nous intéresser. Monsieur Marchand et monsieur Zio, vous tenterez de discuter avec la famille présente à l'hôpital. Restez prudent et ne parlez en aucun cas de religion. Monsieur Bohé, sœur Margaret et mademoiselle Ivodric, vous vous rendrez dans leur appartement pour essayer de voir si l'on y trouve quelque chose d'étrange en rapport avec notre affaire. Monsieur Bohé, chargez-vous des ordinateurs.

— Je pense, dit Margareth, que cela est en effet très sage d'agir ainsi. En France, les autorités sont très fermées à la spiritualité et Crystal a eu un mal fou à obtenir un rendez-vous avec Jean-Jacques Masquin, le psychiatre qui s'occupe actuellement des trois jeunes. Ce dernier a fait bien comprendre qu'il ne voulait pas de nous dans son hôpital et surtout pas dans son UMD. Tant bien que mal, il a accepté de nous recevoir, mais je doute que l'on puisse réaliser un exorcisme au sein de son établissement. Quant à l'appartement des trois amis, là aussi, le concierge a consenti à nous ouvrir la porte, mais la discussion s'est avérée très tendue. J'ai même dans l'idée que ce concierge nous posera quelques problèmes lorsque nous arriverons à Paris.

— Nous réglerons cela sur place, dit Vincenzo. Parfois, Dieu réalise des miracles et ouvre les yeux aux plus incroyants d'entre nous. Et peut-être que toute cette histoire n'est pas de notre ressort et que nous rentrerons chez nous sans accomplir d'exorcisme. Mademoiselle Ivodric, avez-vous un ressenti particulier sur cette affaire ?

Élisabeth ferma les yeux, puis les rouvrit.

— Pourrais-je revoir la photographie des trois jeunes hommes ?

Elle s'afficha sur l'écran.

— C'est bien cela. Je vois comme une aura noire autour d'eux, je n'arrive pas à définir ce que c'est. Je pense que c'est un esprit de vengeance, c'est ce que je ressens.

— Alors on ouvre l'œil, dit Vincenzo. Que Dieu nous accompagne dans cette nouvelle mission.

****

Dans l'avion qui les menait à Paris, Élisabeth discutait avec Daniel dans le cockpit. Elle aimait ces moments passés avec lui, moments privilégiés. En même temps, Daniel appréciait aussi ces moments où il ne restait pas seul dans la cabine de pilotage. Surtout aujourd'hui, où il avait besoin de compagnie pour ne pas penser à sa peur. Pour l'évacuer loin de lui.

Daniel avait parlé avec Vincenzo avant la réunion. Une discussion brève et franche au cours de laquelle le prêtre-exorciste l'avait rassuré et l'avait entraîné à la crypte du Vatican, devant le mur de verre et sa vue plongeante sur la tombe de saint Pierre. Là, ils ont prié l'apôtre, puis la Vierge Marie, afin de faire taire les doutes et la peur. Après cette séance, Vincenzo offrit à son ami une médaille miraculeuse de saint Benoît, que Daniel mit aussitôt autour de son cou. Il se sentit soudain mieux, soulagé, comme si on l'avait déchargé d'un poids. Et c'est serein qu'il prit le commandement du jet privé et qu'il envisagea la nouvelle mission qui l'attendait. Mais quelques doutes persistaient qu'il essayait de faire taire. La présence d'Élisabeth le rassurait à moitié, car il avait peur, justement, grâce à ses talents de médium, qu'elle ne découvre sa faiblesse.

— Dans combien de temps arriverons-nous, demanda la jeune femme.

— Dans à peu près deux heures, répondit Daniel.

— Juste le temps pour notre ami Dimitri d'être malade !

Et justement, à l'intérieur du jet privé, Dimitri ne se sentait pas bien. Il était en nage et n'arrêtait pas d'essuyer les gouttes de sueur qui perlaient sur son front. Sa chemise était trempée. Margareth s'approcha de lui.

— Avez-vous avalé votre cachet comme je vous l'avais demandé ?

— Oui, ma sœur. Mais je crois qu'il ne me sert à rien.

— Tenez, prenez un verre d'eau et un autre cachet.

Dimitri grommela quelques mots de remerciements. Il songea à voir rapidement un médecin pour l'aider à soulager ce mal des transports qui lui pourrissait l'existence. Voyager faisait partie de la vie des Purificateurs, alors il devait trouver le moyen de ne plus souffrir lors de ces déplacements en avion ou en bateau. Carlo prit place à côté de lui.

— Que pensez-vous de cette nouvelle affaire, demanda-t-il.

— Pour le moment, pas grand-chose. Je pense surtout que vous devriez vous éloigner de moi avant que je vous gerbe dessus.

— Je prends le risque. Essayez de vous calmer, respirez et tournez votre attention vers cette nouvelle affaire.

Dimitri regarda le prêtre-psychiatre et lui sourit. Peut-être, effectivement, en portant son attention ailleurs que sur ses maux, arriverait-il à les oublier. Il ouvrit son dossier.

— Nous sommes confrontés à trois jeunes hommes fraîchement diplômés à qui la vie sourit, trois jeunes hommes qui s'entendent à merveille. Ils trouvent tous trois un poste dans la même entreprise, ils louent un appartement à Paris. C'est le départ d'une nouvelle vie. Leurs casiers judiciaires sont vierges. D'après les dires des proches, ce ne sont pas des délinquants, n'ont jamais été violents et ils ne se droguent pas. Tout au plus, ils boivent un verre ou deux en soirée. Et voilà que nos trois lascars, un jour, sans prévenir, pètent un plomb. Cela ne peut pas venir d'un problème mental.

— Dans les fiches de renseignements que nous a confiées Crystal, j'ai remarqué une chose surprenante : ces trois jeunes hommes étaient normaux jusqu'à leur retour de voyage en Floride. Que s'est-il passé là-bas ? Ont-ils fait quelque chose qui a pu lier un démon sur eux ?

— J'ai lu aussi que nos trois garnements s'intéressaient beaucoup au paranormal. Ils adoraient les films d'horreur et se passionnaient pour toutes ces émissions américaines qui mettent en scène des chasseurs de fantôme dans des lieux supposés hantés. Mais ce qui me semble vraiment bizarre, c'est l'histoire de cette poupée. Pourquoi ont-ils crié, dans le bar, qu'une poupée voulait les tuer ?

— Nous savons qu'un esprit maléfique peut infester un objet. Peut-être qu'ils auraient acheté, lors de leur voyage en Floride, une poupée vaudou, ou un truc de ce genre. D'où le début des ennuis.

Soudain, les yeux de Dimitri s'éclairèrent.

— Est-ce que nous savons exactement quelle ville ils sont allés visiter en Floride ?

— Je crois que c'est noté dans le dossier.

Carlo feuilleta ses fiches et découvrit l'information qu'il recherchait.

— Voilà, nous avons leur itinéraire, les hôtels où ils sont descendus, tout leur parcours.

Il tendit le document à Dimitri qui l'examina avec beaucoup d'attention. Soudain, il se leva et se dirigea vers Matt, occupé à jouer à un jeu vidéo sur son ordinateur.

— Matt, appelle Crystal et demande-lui de faire des recherches sur le Fort East Martello Museum. Dis-lui de rechercher plus particulièrement des informations sur la poupée Robert.

Vincenzo leva la tête.

— À quoi pensez-vous, monsieur Marchand ?

— Une idée. Nos trois hommes ont fait escale à Key West en Floride. Dans cette ville se trouve le Fort East Martello Museum. Et je crois savoir que ce musée abrite l'une des poupées hantées les plus célèbres au monde, la fameuse poupée Robert, celle-là même qui a inspiré la saga Chucky au cinéma.

Matt regarda le démonologue avec de grands yeux.

— Vous croyez qu'ils ont volé la poupée et l'ont rapportée chez eux ?

— C'est ce que j'aimerais découvrir et les recherches de Crystal vont nous éclairer. Demande-lui aussi de me dénicher la véritable histoire de cette poupée.

— Je l'appelle de suite.

****

Paris, Ville lumière. Paris et son charme des embouteillages. Après leur atterrissage à l'aéroport d'Orly, les Purificateurs s'étaient séparés en deux groupes. Dans la voiture de location conduite par Carlo se trouvaient Vincenzo, Carlo et Dimitri, tandis que Matt, Margareth et Élisabeth avaient pris un taxi pour se rendre au domicile des trois amis. Le gardien de l'immeuble les y attendait pour leur ouvrir la porte de l'appartement.

Dans la voiture de location, les quatorze kilomètres qui séparaient l'aéroport de l'hôpital Sainte-Anne où étaient enfermés Yannick Perdurin, Raphaël Bison et Lucas Capodici, parurent durer une éternité à cause des nombreux feux tricolores et une circulation dense qui engendrait de multiples ralentissements. Dimitri admira l'assurance de Daniel dans sa conduite. Le militaire ne s'énerva pas lorsqu'un chauffard le doubla et se rabattit à quelques centimètres du capot de la voiture, l'obligeant à freiner. Il garda son calme lorsqu'un autre chauffard l'insulta parce qu'il ne roulait pas assez vite. Pourtant, il respectait les limitations de vitesse. Il ne s'énerva pas non plus lorsqu'un scooter faillit percuter le rétroviseur de la voiture de location, un Peugeot Traveller, et qu'en plus, le chauffeur du scooter leva fièrement le majeur en guise de remerciement pour s'être poussé et avoir évité l'accident. Un doigt d'honneur ! Jamais on ne lui avait fait ce coup-là ! Et cela se passa alors qu'ils ne s'étaient pas encore engagés sur l'autoroute ! Là, le trajet se révéla plus calme, même si la circulation était chargée et que Daniel restait concentré. Heureusement, d'ailleurs, car, encore une fois, il évita une collision avec un cabriolet qui l'avait doublé par la droite, qui s'était rabattu à la dernière minute et avait freiné pour prendre la sortie de l'autoroute.

— J'avais entendu dire que les Français étaient les rois de l'incivilité en voiture, dit Daniel. Aujourd'hui, j'ai la preuve que cela est vrai.

Lorsqu'il gara le Traveller sur le parking de l'hôpital Sainte-Anne, Daniel souffla. Il leur a fallu plus d'une heure pour parcourir quatorze kilomètres, une heure durant laquelle il avait évité au moins trois accidents.

Dimitri, soulagé, sortit de la voiture. Il prit une longue respiration. Finalement, les cachets de Margareth commençaient à faire leurs effets et son estomac ne le faisait plus souffrir. Il regarda le bâtiment de pierre.

— Pourquoi tous les hôpitaux psychiatriques donnent toujours cette impression lugubre de folie ?

— Peut-être justement parce qu'ils abritent des fous, répondit avec amusement Daniel.

— Allez, ne perdons pas de temps, nous sommes déjà en retard. Le docteur Masquin nous attend. Père Rinaldi vous lui parlerez. J'ai peur de me montrer trop bourru et de le braquer. Pendant ce temps, monsieur Marchand et monsieur Zio, essayez de parler avec la famille des trois jeunes hommes. Certains proches de nos amis sont restés à l'hôpital pour les soutenir.

Un taxi déposa Matt, Margareth et Élisabeth devant un grand bâtiment moderne dans le 13e arrondissement de Paris, à deux pas de l'Université. L'air était lourd, pesant, il faisait chaud. Margareth distribua de l'eau.

— Je ne savais pas qu'il ferait si chaud à Paris en septembre, dit-elle.

— C'est vrai qu'on étouffe, dit Matt, qui chargea son lourd sac à dos sur son épaule.

— Peut-être trouverons-nous un peu de fraîcheur dans l'appartement, dit Élisabeth. Allez en route.

Flash-back n° 1

Ville de Nancy, dans une résidence universitaire. Yannick Perdurin, Raphaël Bison et Lucas Capodici se préparaient à dîner dans la cuisine commune du troisième étage.

— Et les gars, dit Yannick, si on se tapait un film ce soir ?

Raphaël Bison, occupé à touiller les pâtes dans une casserole, s'extasia de cette idée. Mais Lucas se montra un plus réticent.

— Il n'y a aucun bon film d'horreur en ce moment au cinéma, dit-il. C'est chiant. Et dépenser du fric pour s'endormir devant un film c'est gavant !

— Oh punaise, j'viens d'penser à un truc, s'écria Raphaël. Et si on s'organisait un voyage pour fêter la fin de notre vie d'étudiants ?

— Ha ouais, ça ça me plaît, répondit avec enthousiasme Lucas.

— Et quel est le rapport avec le film d'horreur qu'on doit se faire ce soir, demanda Yannick.

Raphaël se tourna vers lui, la spatule en main.

— Et justement, dit-il, je vois un rapport entre les films d'horreur et notre soirée, monsieur l'intello. Tu t'rappelles de la saga Chucky ? J'ai lu sur un blog que le scénario de la poupée tueuse est inspiré d'une histoire vraie, celle d'une poupée qui serait hantée par un esprit démoniaque et que cette poupée existe toujours aujourd'hui.

Lucas émit un sifflement et applaudit.

— Bravo ! Et te connaissant, tu vas vouloir aller la voir.

— Ouais, dit Yannick, ça m'plait pas. J'ai pas envie de refaire le coup d'Amityville.

L'année précédente, durant les vacances d'été, les trois amis avaient programmé un voyage à New York. Ils y étaient restés un mois dans une famille d'accueil, un échange scolaire très enrichissant pour améliorer leurs compétences de la langue anglaise. Mais, pendant ce voyage, alors qu'ils devaient visiter des musées, se promener dans les rues de New York, s'imprégner de la culture américaine, Raphaël avait eu la mauvaise idée de vouloir se rendre à la fameuse maison du Diable située dans la ville d'Amityville. Un matin tôt ils sautèrent dans un bus et les voilà partis direction le comté du Suffolk. Arrivés devant la maison d'Amityville, ils prirent quelques photographies. Mais cela ne suffit pas à Raphaël, qui voulut entrer à l'intérieur de la bâtisse pour prendre des photos et éventuellement immortaliser un esprit qui hanterait le lieu. Le fait que les Luciani habitent et dorment en ce moment dans la maison ne l'arrêta pas. Comme il le disait sans cesse : « rien n'est interdit si on s'fait pas choper ». Il persuada ses amis d'attendre la nuit pour s'infiltrer en douce dans la propriété des Luciani.

Vers deux heures du matin, les trois étudiants s'introduisirent dans le jardin de la maison du Diable, passèrent derrière la maison. Ils espéraient trouver la porte arrière ouverte, mais, à leur grande déception, les Luciani l'avaient verrouillé avant de se mettre au lit. Lucas avait repéré une fenêtre ouverte au premier étage. Une terrasse permettait d'y accéder. Les trois jeunes hommes s'aidèrent de la gouttière pour atteindre la terrasse. Heureusement qu'elle était solide et bien fixée ! Arrivés à l'intérieur de la maison, ils se retrouvèrent dans une chambre vide. Doucement, ils sortirent dans le couloir et se dirigèrent vers l'escalier pour gagner le rez-de-chaussée. La maison était silencieuse. Raphaël prit quelques clichés. Il était surexcité. Au contraire de Yannick qui voyait cette violation de domicile d'un mauvais œil.

Mais, nos trois amis n'avaient pas prévu une chose : le chien. Ce dernier dormait dans son panier, dans le salon de l'immense bâtisse. Un berger allemand. Dès qu'il entendit du bruit, il se précipita vers les trois compères et se mit à aboyer et à montrer les crocs. Très vite, les lampes du couloir à l'étage et de l'escalier s'allumèrent. Un homme en pyjama fit irruption devant eux, tenant une arme et la pointant dans leur direction. Yannick ne put réprimer ses larmes, Raphaël recula et Lucas tenta de rassurer Bolton Luciani en criant, les mains levées au-dessus de sa tête, qu'ils n'étaient pas des voleurs. Les trois amis se retrouvèrent au poste de police et furent renvoyés chez eux. Vacances écourtées, remontrances de la famille, blâme de l'école. Voilà ce qu'ils avaient gagné dans cette histoire. Et en plus, tous les clichés pris à l'intérieur de la maison étaient noirs ou flous. Sauf un, qui montrait une adolescente en bas de l'escalier, qui souriait en leur adressant un clin d'œil et un signe de la main. Au moment où ils avaient pris ce cliché, Raphaël se rappela que personne ne se trouvait en bas de l'escalier. Cette photographie restera une énigme pour les trois amis.

Plus tard, ils reconnurent cette mystérieuse personne : Savannah Luciani, celle qui tua toute sa famille dans cette même maison du Diable où Ronald Defeo Jr trente ans auparavant avait décimé la sienne de famille. Celle qui assassina toute sa famille dans la maison du Diable quelques mois après le passage éclair des trois amis dans cette même maison. Yannick, en apprenant cette nouvelle, faillit s'évanouir de peur. Et si c'était le Diable que nous avons photographié ? Et si c'était lui, pourquoi nous souriait-il et nous saluait-il ?

Yannick avait eu beau retourner toute l'histoire dans sa tête, la présence de la jeune fille sur la photographie ne trouvait aucune explication. Il était sûr que personne ne se tenait à cet endroit au moment où Raphaël avait pris le cliché. Et lorsque le père a débarqué avec son arme, toutes lumières allumées, personne n'était en bas de l'escalier. Sauf le chien qui, le poil hérissé, grognait en montrant les dents. Il s'en est fallu de peu pour qu'il saute sur Lucas, celui qui se tenait le plus proche de lui. Yannick n'avait aucune envie de revivre une pareille expérience. Regarder des films d'horreur, aucun problème. Mais visiter des maisons hantées, c'était trop pour lui.

— Mais non, dit Raphaël, là la poupée est en sécurité dans un musée. Donc, on ne va pas s'y introduire la nuit, juste on va aller la voir.

— Et elle se trouve où cette poupée, demanda Lucas.

— Aux États-Unis, au musée Martello, dans la ville de Key West en Floride. Ça nous donnera aussi l'occasion de visiter la Floride.

— Attends, dit Lucas, t'es en train de nous dire qu'une poupée hantée serait exposée dans un musée ? Un peu comme Annabelle ?

— C'est exactement cela, répondit Raphaël. Cette poupée s'appelle Robert et elle a une histoire. On raconte qu'elle est possédée, un peu comme Annabelle, ouais, par une force maléfique. Et vous savez quoi ? J'ai bien envie de demander à cette force maléfique de hanter un autre objet. Ouais, c'est ça ! On va fabriquer une poupée identique, un sosie parfait de Robert, on va se rendre au musée et on va demander à l'esprit de se transférer dans cette nouvelle poupée. Comme ça, on gardera un souvenir de ce voyage !

— Oh putain, c'est du délire, dit Yannick.

— Ça peut être marrant, dit Lucas.

****

29

Quelques semaines plus tard, nos trois étudiants avaient, en effet, reproduit à l'identique, la poupée hantée de Fort East Martello Museum. Robert était une poupée de paille de confection banale, une poupée que beaucoup de sorciers vaudous utilisent pour leurs rituels. Raphaël avait même recréé son vêtement blanc et son bob de la même couleur. Pour que la ressemblance soit parfaite, il avait effectué de nombreuses recherches sur cette poupée, et avait découvert toute son histoire. Et plus il faisait part de ces découverts à ses amis, plus Yannick devenait inquiet. D'autant plus que Raphaël, fier et enthousiasmé par le résultat obtenu, parlait à présent de rester une nuit entière dans le musée afin de pouvoir réaliser le rituel de transfert plus tranquillement. Cette idée ne plaisait pas à Yannick, mais Lucas ne la rejeta pas. Deux contre un, Yannick le raisonnable ne pouvait rien faire contre ses camarades plus téméraires.

Raphaël Bison avait passé des heures entières à fabriquer la poupée de paille, qu'il avait baptisée Léon, comme son deuxième prénom. Ainsi, il respectait l'histoire de la véritable poupée Robert. En effet, celui qui avait possédé la poupée s'appelait Robert Eugène Otto. Il avait donc donné son propre prénom à la poupée maudite. Raphaël n'avait pas osé aller jusque là et s'était contenté de la baptiser de son deuxième prénom.

Raphaël contemplait son œuvre. Il était ravi.

— Regardez comme j'ai soigné les détails !

Un long frisson parcourut la nuque de Yannick. Instinctivement, cette poupée lui faisait peur.

— J'crois qu'on s'apprête à faire quelque chose que l'on va regretter, dit-il.

— Mais non, répondit Raphaël. Le plan est parfait. Demain, on passe nos examens puis on part pour la Floride. Tout est prévu j'te dis. J'ai pensé au rituel du transfert d'entités, mais aussi aux protections. J'ai aussi vu comment on pouvait rester dans le musée sans se faire prendre toute une nuit. Ça va être génial !

Lucas Capodici passa son bras autour des épaules de Yannick.

— T'en fais pas, ça va bien se passer. On a vraiment tout prévu. Cette fois-ci, on n'agira pas sur un coup de tête, tout est bien réfléchi.

Mais Yannick sentait que quelque chose de terrible allait arriver. Quelque chose qui allait à jamais bouleverser leur vie. Cette nuit, son sommeil fut perturbé. L'image de la poupée tournait en boucle dans sa tête. Elle surgissait dans ses cauchemars, un sourire meurtrier aux lèvres. Il s'était réveillé plusieurs fois en sursaut, trempé de sueurs. Vers cinq heures du matin, il poussa un cri et sauta hors de son lit. La poupée Léon avait à nouveau jailli dans son rêve, mais cette fois-ci, elle était accompagnée de Savannah, les mains pleines de sang, les yeux révulsés.

Retour au présent

Vincenzo Onoffrio sonna au portail d'entrée de l'hôpital psychiatrique Sainte-Anne et se présenta. La grande grille en fer forgé s'ouvrit. Le prêtre-exorciste se tourna vers Dimitri.

— Pendant que nous interrogeons le psychiatre, faites un tour dans la salle d'attente et essayez d'entrer en contact avec la famille. Rappelez-vous, nous sommes ici sans couvertures, nous n'avons aucun droit de parler avec la famille, donc montrez-vous discrets.

Le démonologue hocha la tête. Il savait que Crystal s'était démenée pour obtenir des autorisations afin de s'immiscer dans l'enquête. Mais les autorités françaises s'étaient montrées très frileuses et voyaient d'un mauvais œil le Vatican mettre son nez dans cette affaire. Tout juste, ils avaient eu le droit de fouiller l'appartement des trois jeunes hommes. Ou plutôt, on leur fit comprendre que les policiers fermeraient les yeux sur cette perquisition illégale.

Le Cardinal Primiti avait, lui aussi, tenté de faire fléchir les inspecteurs français chargés de l'affaire, sans y parvenir. La France se revendiquait laïque et ne voulait pas que la religion fasse irruption dans les institutions de l'État.

Les quatre membres de l'Ordre des Purificateurs entrèrent dans un long couloir aux murs verts délavés et écaillés qu'ils traversèrent en silence. L'atmosphère était pensante. Ce couloir menait aux pavillons des malades les plus dangereux et difficiles et donc à l'UMD.

— Les hôpitaux psychiatriques me font toujours un effet glacial, dit Dimitri.

— Heureusement qu'Élisabeth n'est pas avec nous, répondit Daniel. Sans avoir son don de voyance, je peux sentir toute la souffrance du lieu, alors elle…

— C'est l'accueil qui est glacial, déclara Carlo.

— Pourtant, il fait une chaleur de dingue, dit Daniel. On étouffe ici.

Le prêtre-psychiatre ressentait un vague sentiment de malaise. Déjà, il avait dû se présenter en tant que psychiatre et non en tant que prêtre et avait dû retirer sa collerette blanche et toutes les marques de sa foi en Dieu. Il avait cette désagréable impression d'être nu et sans protection. Il serra son crucifix glissé dans la poche de son jean et regarda Vincenzo. Lui aussi semblait vulnérable et sans défense sans sa collerette blanche. Il avait vraiment l'air d'un laïc.

Le long couloir lugubre déboucha sur un grand hall lui aussi lugubre où un infirmier les attendait.

— Bonjour messieurs, le docteur Masquin va vous recevoir dans quelques minutes. Veuillez me suivre s'il vous plaît.

— Merci, répondit Carlo. Mes deux confrères ont besoin de se rafraîchir, pouvez-vous leur indiquer la salle d'attente s'il vous plaît.

Vincenzo sourit : Carlo se mettait dans la peau de son personnage. Il devait conduire la troupe, c'est lui qui menait la danse et devait encadrer la conversation avec le psychiatre de l'hôpital. L'infirmier montra d'un signe de la main la direction de la salle d'attente principale du pôle psychiatrique en ajoutant qu'ils y trouveront une machine à café, une autre de boissons froides, ainsi qu'un petit point chaud pour se restaurer. Les deux amis s'empressèrent de le remercier et disparurent par l'une des portes de la grande salle. Déjà, Dimitri rêva d'un croissant encore fumant, juste sorti du four, à la française.

Vincenzo et Carlo suivirent l'infirmier jusqu'à une minuscule salle d'attente poussiéreuse, aux murs infiltrés d'humidité. Carlo prit place sur une chaise en soufflant. Les murs étaient nus, aucun tableau pour les égayer. Souvent, les médecins accrochaient leurs œuvres dans les couloirs de leur établissement ou dans leur salle d'attente. À croire que dans cet hôpital, aucun artiste en herbe n'y exerçait. Seule une horloge suspendue au-dessus de Carlo rompait cette terne monotonie, cette impression de désolation. Son tic tac lacérait le silence ambiant. Vincenzo constata que l'horloge ne donnait pas l'heure exacte : elle retardait d'une heure et vingt minutes ! Personne n'avait jugé bon de la remettre à l'heure !

— On dirait un décor d'un film gore, dit Carlo une fois l'infirmier parti.

— Apparemment, le budget rénovation est inexistant, dit Vincenzo. Les hôpitaux tombent en ruine en France.

— C'est le monde qui tombe en ruine. Et puis vous entendez ce silence, on n'entend pas un bruit mis à part cette horloge d'un autre âge et son abominable tic tac. C'est lugubre.

Au même moment, le téléphone portable de Vincenzo sonna, le faisant sursauter. Grommelant une phrase inaudible dans sa barbe, il décrocha. Au bout de fil, c'était Matt.

— Mon Père, je viens de recevoir quelques informations de Crystal au sujet de nos trois protégés : a priori, ils étaient fans d'histoires paranormales et de films d'horreur. Mais le plus intéressant est à venir. Crystal a retrouvé une ancienne condamnation américaine. Nos trois amis s'étaient introduits dans la maison d'Amityville alors que la famille Luciani y vivait encore, de nuit, juste pour s'amuser, pour prendre des photos souvenirs de la maison qui a fait la Une des journaux. Ils ne furent pas trop inquiétés pour ce délit, les autorités américaines préférant les renvoyer en France. Cela s'est passé trois mois avant que Savannah assassine toute sa famille.

— Merci monsieur Bohé pour l'information.

Et il raccrocha le combiné qu'il glissa dans la poche de son pantalon. Carlo l'interrogea du regard.

— Crystal a trouvé une chose bizarre concernant le passé de nos trois amis, dit Vincenzo. Lors d'un voyage aux États-Unis, ils se sont introduits dans la maison d'Amityville et cela peu de temps avant que Savannah tue ses parents.

Le père Rinaldi ouvrit la bouche, mais la referma, puis la rouvrit. Il ne savait quoi penser de cette information.

— Ont-ils pu croisé Savannah, et donc Amduscias, lors cette visite et donc est-ce que cette affaire aujourd'hui entretiendrait-elle un rapport avec cette visite ?

— C'est à nous de le découvrir, répondit Vincenzo.

Un homme, environ la soixantaine, cheveux gris, vint les chercher dans la salle d'attente décrépie. Carlo remarqua qu'il ne pouvait fermer sa blouse blanche à cause de son ventre bombé qui faisait saillie. C'était bizarre : cet homme paraissait mince, sauf son bidon qui était rebondi. Ses bras, ses jambes, sa tête... le reste de son corps semblait fin, sauf l'abdomen qui saillait dans une forme arrondie vers l'avant. La Bierpanza comme disent les Allemands, ce ventre qui se rondissait au fur et à mesure des bières que l'on avalait. Pourtant, cet homme ne ressemblait pas à un d'un buveur de bière pour peu qu'un profil type de ce genre de personnes existe.

— Bonjour, dit-il, je suis le docteur Masquin. Vous vouliez me voir ?

Carlo se leva et lui tendit la main.

— Bonjour, je suis Carlo Rinaldi, médecin-psychiatre, et voici mon collègue Vincenzo Onoffrio. En effet, nous réalisons une étude sur les crises de démence qui conduisent au meurtre et nous avons besoin de quelques renseignements concernant Yannick Perdurin, Raphaël Bison et Lucas Capodici.

— C'est une affaire des plus banale, je ne sais même pas pourquoi vous vous y intéressez. Dans cette histoire, Raphaël Bison a fait une crise de démence et a attaqué le premier type qu'il a croisé sur son chemin. Je ne pense pas que son intention était de le tuer. En fait, il ne s'est pas rendu compte de son acte, il ne s'en souvient même pas.

Vincenzo tiqua sur cette dernière information. En général, les possédés ne se souviennent pas de leur crise de possession.

— Et ses deux amis, demanda Carlo.

— Je n'en ai pas la moindre idée. Ils continuent de crier qu'une bête veut les tuer. D'ailleurs, monsieur Bison aussi parle d'une bête qui veut le dévorer.

— Est-ce que monsieur Bison a fait d'autres crises de démence ?

— Plusieurs même ! Chaque fois, c'est très impressionnant. Il se met dans un tel état qu'au moins quatre infirmiers sont nécessaires pour le maîtriser. Il crie, il hurle, il aboie, il veut frapper tout le monde, sa voix change, devient anormalement rauque, puis subitement, il s'évanouit et revient à lui quelques heures plus tard sans se souvenir de sa crise. Parfois, il entre dans une phase d'inertie psychomotrice qui peut durer plusieurs heures. Ses amis aussi présentent ce genre de crise de catatonie. Et quand ils se réveillent, ils crient qu'une poupée veut les tuer, ou une bête féroce qu'ils décrivent comme un monstre juché sur un cheval. Et parfois aussi, ils se mettent à chanter d'une voix limpide, claire. On croirait un organe de contralto. Cela ressemble à des chants de messe. Ces chants effrayent la plupart des infirmiers.

— Tout ceci est très curieux et ne ressemble à aucune maladie mentale connue.

— Il n'y a rien de surnaturel dans tout cela ! Ce sont trois jeunes hommes qui ont certainement expérimenté un nouveau mélange de drogue qui a abîmé leur cerveau.

Vincenzo rongeait son frein. Il aurait voulu dire à ce médecin que certains maux ont une d'origine diabolique, que cela est la réalité et qu'en refusant de voir cette réalité, il aggravait les maux de ses patients. Mais il se tut. Il préféra éviter de prendre le risque de se faire congédier. D'autant plus que le psychiatre paraissait nerveux et susceptible.

— Prennent-ils un traitement, demanda Carlo.

— Nous sommes obligés de les maintenir en camisole chimique pour prévenir les crises et empêcher qu'ils ne se blessent ou qu'ils blessent un membre du personnel soignant. Alors, oui, pour répondre à votre question, ils prennent un cocktail chimique assez fort composé d'anxiolytiques, d'antidépresseurs, de somnifères. Notre pavillon UMD est tout indiqué pour garder ce genres de malades en toute sécurité.

— Présentent-ils quelques moments de lucidité.

— Très rares. Les psychotropes les aident à rester calmes. Cependant, ils n'empêchent pas les réveils nocturnes où les patients se mettent à chanter des hymnes à la gloire à je ne sais pas trop qui et cela peut durer des heures malgré l'administration de somnifère.

Carlo regarda Vincenzo qui fit un signe de tête. Les deux hommes comprenaient que ce qu'il se passait au sein de cet établissement médical était d'origine démoniaque. Donc, de leur ressort. Ils devaient rencontrer les trois amis.

— Pouvons-nous leur parler ne serait-ce que quelques instants, demanda Carlo.

Le psychiatre les regarda tous les deux attentivement, l'un après l'autre, pensif.

— Écoutez, j'ai accepté de vous recevoir alors que je ne sais même pas de quelle institution vous venez. Ces trois jeunes sont dans un pavillon de haute sécurité où les gens de l'extérieur doivent être en possession d'une autorisation pour y pénétrer. J'ai accepté de répondre à quelques questions, mais je suis leur médecin et je ne vois pas d'un bon œil qu'un autre psychiatre, sans vous offenser personnellement monsieur Rinaldi, vienne me dire comment je dois soigner mes patients.

— Cela n'est pas mon intention, répondit Carlo. Simplement, nous voudrions leur parler afin de pouvoir compléter une étude commandée par notre laboratoire. Si vous nous autorisiez à les voir quelques minutes nous vous en serions très reconnaissants.

— Je vais être franc avec vous. Je ne crois pas au surnaturel, mais la maladie dont souffrent ces trois jeunes gens est au-delà des compétences médicales dont nous disposons actuellement. Autour d'eux, plusieurs évènements bizarres se sont produits que je n'arrive pas à expliquer. Je dois me montrer prudent, j'espère que vous comprenez.

Je comprends surtout, pensa Vincenzo, que t'es un incompétent qui refuse d'admettre son incompétence.

— Nous comprenons tout à fait, répondit Carlo, c'est pour cela que votre nom, ni même le nom de votre établissement ne seront cités dans notre enquête ni le nom des trois patients, cela va de soi.

Jean-Pierre Masquin se racla la gorge, il était perturbé. Comme l'avait si justement deviné Vincenzo, les évènements de ces derniers jours le dépassaient et le médecin craignait que cela se sache. La médecine ne pouvait rien faire pour ces trois patients, elle était incapable de les guérir voire de soulager leurs symptômes, mais Masquin ne voulait pas que quelqu'un d'autre que lui découvre cette vérité. Et tous ces évènements bizarres qui se produisaient autour d'eux le mettaient mal à l'aise. Un jour, un infirmier entra dans la chambre de Raphaël Bison pour lui administrer son traitement et le trouva lévitant à trente centimètres de son lit. Un autre jour, un autre infirmier qui s'occupait de Yannick Perdurin sentit un souffle dans son cou et vit, très nettement, une ombre noire derrière lui. Yannick Perdurin lui avait dit que c'était le Diable qui venait saluer son plus grand serviteur et le féliciter pour tous ses péchés. L'infirmier, très troublé, avait démissionné le lendemain. Le psychiatre en chef de l'unité ne voulait pas que toute cette affaire s'ébruite, mais en même temps, il savait qu'il avait besoin d'aide. Lui-même avait vu plusieurs fois cette ombre noire alors qu'il discutait avec ses patients, lui-même avait senti un souffle chaud sur sa nuque lors de ces entretiens, lui-même avait vu Raphaël Bison léviter. À la grande surprise de Vincenzo, après plusieurs secondes de réflexion, il répondit :

— Monsieur Bison est incontrôlable, donc je ne vais pas prendre le risque d'un accident. Par contre, je vous accorde cinq minutes avec monsieur Capodici, c'est celui qui me semble le moins touché et le plus lucide des trois. Yannick Perdurin me semble le plus faible et le plus impressionnable des trois.

****

Pendant ce temps, Dimitri et Daniel arrivèrent dans le hall principal de l'hôpital psychiatrique de Saint-Anne. Ici, l'ambiance était plus détendue. La salle d'attente était quasiment déserte, hormis un couple assis dans un coin, silencieux, l'air hagard. Daniel regarda du côté de la cafétéria. L'établissement accueillait un peu plus de monde, surtout des blouses blanches qui profitaient de la pause pour boire un expresso et se régaler d'une pâtisserie. Au milieu du personnel hospitalier se trouvaient quelques individus, certains étaient seuls, d'autres en groupe, qui savouraient aussi les viennoiseries, certes non préparées sur place et probablement industrielles, mais tout de même délicieuses.

— On commence par interroger le couple dans la salle d'attente, demanda Daniel.

Dimitri acquiesça, lorsque son téléphone portable se mit à sonner. C'était Matt.

— Dimitri, Crystal a terminé les recherches que vous lui aviez demandées concernant l'histoire de la poupée Robert. Elle a mis à votre disposition des documents PDF.

— C'est gentil, répondit Dimitri. Pouvez-vous les imprimer ?

— Je m'en charge. Crystal a aussi trouvé une chose surprenante : nos trois amis, lors d'un voyage aux États-Unis, sont entrés de nuit dans la maison d'Amityville alors que Savannah y habitait encore. Ils ont écopé d'un simple rappel à la loi et retour en France par le premier avion.

Le démonologue ressentit un long frisson le long de sa colonne vertébrale. Il sentait que cette information était une pièce du puzzle, mais laquelle ? Il raccrocha. Daniel s'était déjà rapproché du couple et revint vers Dimitri.

— Ces gens-là n'ont rien à voir avec notre affaire, dit-il. Allons plutôt du côté de la cafétéria et essayons de tendre l'oreille.

Dimitri acquiesça. Les deux hommes commandèrent un capucino, Dimitri en profita pour acheter deux croissants, et ils prirent place à côté de trois personnes qui discutaient. L'un d'eux regardait d'un air malheureux le verre en plastique blanc devant lui qui jadis avait dû accueillir une boisson chaude. Il portait un béret vissé sur sa tête qui laissait entrevoir quelques cheveux gris. Il semblait perdu, ailleurs. La femme qui les accompagnait paraissait âgée d'une soixantaine d'années, comme l'homme au béret. La sexagénaire semblait avoir pleuré toute la nuit. Le troisième homme était plus jeune, un peu moins de la trentaine. Le groupe semblait épuisé, écrasé par le malheur.

— Est-ce que tu crois qu'il va être accusé de meurtre, demanda la femme.

— Son avocat va plaider la folie, répondit le plus jeune. Et franchement, je pense qu'il est devenu fou. Il n'est plus le même, il est différent.

— Ce qui est enfermé dans cet hôpital, rétorqua la femme, n'est pas mon fils. C'est son enveloppe charnelle, mais ce n'est pas lui. Je ne sais pas comment expliquer cela, mais ce fils à qui j'ai donné la vie n'est plus dans son corps. Un étranger a pris sa place et j'aimerais tellement qu'on me le rende.

Elle se mit à pleurer. L'homme au béret lui prit affectueusement la main.

Dimitri sortit une photographie des trois amis de sa mallette et l'examina. Il la montra à Carlo.

— Regardez, le plus jeune ressemble à Raphaël Bison et on distingue un air de famille avec le plus vieux.

— Le père, la mère et certainement le frère. Allons leur parler.

La famille ne se montra pas bavarde. Elle était sous le choc, paralysée par les évènements, incapable de raisonner. C'était bien les parents et le frère de Raphaël Bison. Dimitri et Carlo durent faire preuve de beaucoup de tact pour tenter d'en savoir un peu plus sur Raphaël. Le père s'enferma, d'emblée, dans un mutisme effrayant, refusant de leur parler. Quant au frère, il essaya de consoler sa mère qui n'arrêtait pas de pleurer durant toute la conversation.

— Vous savez, dit-elle à Dimitri, Raphaël était un bon garçon, toujours gentil, affectueux, il ne nous a jamais causé le moindre souci. Il venait d'obtenir son diplôme et avait trouvé un travail dans une entreprise. Je ne peux pas m'imaginer qu'il a fait ça, qu'il a tué quelqu'un. Il n'a jamais été quelqu'un de violent. Aujourd'hui, je ne le reconnais plus. Celui qui se trouve dans cette chambre dans cet hôpital a l'apparence de mon fils, mais ce n'est pas mon fils.

Et elle se remit à pleurer. Dimitri et Carlo comprirent qu'ils ne pouvaient tirer de cette famille aucune information susceptible de les aider. Les Bison étaient dévastés par le chagrin. Ils prirent congé.

Au moment où ils sortaient de la cafétéria, le frère de Raphaël vint les voir.

— Excusez ma mère, elle n'arrête pas de répéter que ce n'est pas mon frère qui est enfermé dans cet hôpital. Je ne sais pas si vous allez pouvoir aider Raphaël, mais j'aimerais juste vous dire une chose. Raphaël était vraiment quelqu'un de bien. Avec ses amis, ils aimaient tout ce qui touchait au paranormal et j'espère que vous n'allez pas me prendre pour un fou si je vous dis que je crois que quelque chose de mauvais s'est attaché à eux. Ma mère à raison, ce n'est plus Raphaël qui est enfermé dans une des cellules de cet hôpital, c'est quelqu'un qui vient d'un autre monde. Croyez-moi, ma mère a raison lorsqu'elle dit que Raphaël a disparu de son propre corps. Je ne sais pas comment l'aider à revenir.

— Est-ce que Raphaël pratiquait la magie, demanda Dimitri.

— Pas à ma connaissance, il adorait regarder des films d'horreur, il aimait toutes les émissions consacrées au surnaturel. Il était tellement fan de tout cela qu'un jour, lors d'un voyage aux États-Unis, il est entré comme un voleur dans la fameuse maison d'Amityville, vous savez la maison du

Diable…

Daniel hocha la tête.

— Ce jour-là, ses deux amis l'accompagnaient et ils ont eu la peur de leur vie. Mais pour eux, c'était un jeu, ils n'ont pas vu le mal. Ils se sont fait arrêter et reconduits à la frontière. Point. Histoire terminée. Mais je n'ai jamais vu Raphaël avec des bouquins sur la magie ou quoique ce soit de ce genre. Si vous pouvez l'aider, je vous en serai très reconnaissant.

— Nous ferons tout notre possible pour l'aider, dit Dimitri. Gardez espoir et tenez bon pour votre frère, car il aura besoin de votre soutien.

****

Vincenzo et Carlo entrèrent dans la cellule de Lucas Capodici. La chambre était sobre, mais propre. Petite, mais fonctionnelle. L'unique fenêtre à barreaux diffusait une lumière claire dans toute la pièce. Les murs blancs, la décoration minimaliste rappelaient que l'on se trouvait dans un hôpital. Vincenzo fit un signe de tête en direction de la caméra de surveillance installée au-dessus de la porte. Carlo comprit que toute la conversation sera écoutée par Masquin. Cela allait compliquer la situation.

Lucas était assis sur son lit. Immobile, le regard plongé dans le vague, il était perdu dans ses pensées. La porte de sa cellule s'ouvrit. Il leva des yeux las et fatigués. Lorsqu'il vit les nouveaux visiteurs, son visage s'éclaira.

— Bonjour monsieur Capodici, dit Carlo. Je suis médecin-psychiatre et nous aimerions vous poser quelques questions.

Lucas baissa la tête, son visage se referma.

— Encore un psychiatre ! J'en vois tous les jours, j'ai besoin d'un prêtre, pas d'un psychiatre.

Vincenzo sortit ses petites lunettes rondes de son étui et les posa sur son nez. Matt avait fixé sur la monture une caméra, très discrète.

— Pourquoi dîtes-vous que vous avez besoin d'un prêtre, demanda Vincenzo.

— Parce que nous avons fait une connerie et personne ne veut nous croire.

41

Vincenzo tira l'unique chaise de la pièce et la rapprocha près du lit pour faire face au jeune homme. Ce dernier leva la tête.

— J'aimerais que vous me racontiez ce qu'il s'est passé, demanda Vincenzo.

— Ce n'est pas la peine, vous n'allez pas me croire et vous allez encore me donner ces satanés cachets en disant que je suis victime d'hallucinations.

— Je suis de votre côté et je vous promets que je ne vous donnerai aucun médicament.

Lucas baissa la tête. Son teint était blafard, ses yeux cernés. Il faisait peine à voir. Soudain, son visage se crispa, sa mâchoire se serra. Il leva les yeux et regarda Vincenzo. Ses pupilles se dilatèrent à l'extrême et engloutirent la prunelle brune.

— La poupée ne veut pas que je vous parle, elle me tuera si je vous parle.

Sa voix était devenue grave. Il se mit à trembler et fixa un coin du mur.

— Est-ce que la poupée est avec nous dans cette pièce, demanda Vincenzo.

— Pas la poupée, mais la chose qui est à l'intérieur de la poupée. Vous voyez l'ombre noire, là ? C'est elle qui me parle tout le temps. Elle s'immisce dans ma tête et j'peux rien faire pour la faire partir.

Lucas montra du doigt le coin du mur qu'il fixait. Vincenzo se tourna, regarda dans la direction indiquée par le jeune homme, mais ne vit rien. Il fit signe à Carlo qui discrètement sortit une fiole d'eau bénite de sa sacoche.

— Monsieur Capodici, regardez-moi s'il vous plaît, demanda Vincenzo. Dites-moi qui est cette chose.

— La chose ne veut pas que je vous le dise. Elle va me punir pour cela. Elle sait que vous êtes prêtre, elle me l'a dit et elle ne veut pas de vous ici. S'il vous plaît, partez avant qu'elle me fasse du mal.

Vincenzo se leva.

— Écoutez-moi, nous pouvons vous aider, mais vous devez nous faire confiance. Vous m'avez bien dit que vous vouliez un prêtre et non un psychiatre ? Je suis prêtre en effet, et le fait que vous le sachiez me porte à croire que vous avez effectivement besoin d'un prêtre. Alors, laissez-moi vous aider.

Il fit un signe à Carlo qui aspergea le mur d'eau bénite et pria. Lucas hurla, Vincenzo apposa ses mains sur sa tête et pria à son tour. Petit à petit, il retrouva son calme. Hébété, il regarda autour de lui.

— Vous avez fait fuir la chose, mais elle reviendra se venger.

— Vous n'avez rien à craindre, on va bénir la pièce et la protéger pour que la chose ne puisse plus y entrer. Mais cela ne la fera pas disparaître et pour cela, nous avons besoin que vous nous aidiez. Nous devons savoir pourquoi cette chose en a après vous.

— Parce qu'on a fait une bêtise, une grosse bêtise et maintenant, on paie notre bêtise. Je suis fatigué, tellement fatigué.

— Je n'ai pas beaucoup de temps, insista Vincenzo, quelle bêtise ?

— Promettez-moi que la chose ne pourra pas se venger sur moi si je vous parle.

Vincenzo acquiesça.

— Promettez-moi aussi de me croire, même si cela vous paraît fou.

Encore une fois Vincenzo hocha la tête.

Flash-back n° 2

Un bateau de croisière accosta au quai Pier Ba de Key West. À bord, des touristes du bassin caraïbe occidental qui se réjouissaient de cette escale de quelques jours à Key West. La ville offrait une multitude d'activités aux vacanciers, comme la plongée sous-marine et la visite du centre-ville à l'architecture cubaine où l'on peut déguster de délicieux mojitos sur Duval Street. À bord du navire, Yannick, Lucas et Raphaël bouillonnaient d'impatience, mais pas pour les boissons au rhum. Ils sautèrent du paquebot, armés de leur sac à dos et se dirigèrent vers l'abri à taxi où de nombreux chauffeurs attendaient leurs clients. À l'intérieur des sacs à dos, leurs précieuses affaires pour effectuer la mission qu'ils s'étaient fixée. Pendant que le reste des croisiéristes flânait ou s'occupait à trouver leur hôtel pour la nuit, nos trois amis ne pensaient qu'à une chose : voir la fameuse poupée Robert, l'attraction principale de Key West.

Ils prirent un taxi qui les déposa devant le Fort East Martello Museum situé à huit kilomètres du centre de Key West. Ce musée était un héritage de la guerre civile et cette forteresse du XXe, entièrement rénovée, abritait une fabuleuse collection d'objets souvenirs de la Guerre civile, notamment des pistolets, des uniformes et des peintures, mais aussi d'autres objets comme les œuvres de Mario Sanchez, un artiste local, et les sculptures en métal de Stanley Papio.

Tout ceci n'intéressait pas nos amis. Ils avaient entrepris ce voyage pour rencontrer la poupée Robert, et uniquement la poupée Robert, celle qui inspira la saga Chucky. Cette banale poupée de paille à la réputation sulfureuse. La légende parle d'une force maléfique qui aurait élu domicile à l'intérieur de la poupée et qui aurait possédé le petit Robert Eugène Otto. D'après l'histoire, la famille Otto faisait partie de l'aristocratie. Elle employait du personnel ou plutôt des esclaves. Une nourrice, une jeune femme noire à l'allure rebelle, en particulier, s'occupait de Robert alors qu'il n'avait que six ans. Madame Otto la surprit en plein rituel vaudou et la congédia sur-le-champ. Avant de partir, la nounou offrit à l'enfant une poupée de paille. On dit qu'elle avait chargé la poupée d'un esprit de vengeance pendant un rituel vaudou. On dit que beaucoup avaient peur de cette poupée. Elle effrayait les domestiques, faisaient fuir les enfants qui rentraient de l'école et qui passaient devant le manoir des Otto. On dit qu'elle se déplaçait seule. Le petit Robert s'attacha à cette poupée et lui donna son prénom Robert et réclama qu'on l'appelle désormais Eugène. Mais cette poupée causa bien des malheurs à la famille Otto.

Aujourd'hui, la poupée Robert est enfermée dans une cage en verre pour éviter toute contagion démoniaque, à l'intérieur du musée Martello. On dit qu'elle ne supporte pas qu'on la photographie sans son autorisation ni qu'on la regarde dans les yeux pour la défier. Et ceux qui s'étaient aventurés à la photographier, ceux qui n'avaient pas tenu compte de l'avertissement, s'en sont mordu les doigts. Une malédiction a touché beaucoup d'entre eux, perte d'emploi, malchance à répétition, banqueroute financière, rupture sentimentale… Certains, pour faire cesser cette malédiction qui pesait sur leur vie quotidienne, se sont excusés auprès de Robert. D'où les lettres pleines de mots de regrets qui tapissent sa cage de verre.

Yannick, Raphaël et Lucas connaissaient l'histoire de la poupée Robert et la légende qui l'entourait. Yannick avait effectué beaucoup de recherches sur le sujet. Fan de paranormal, ce genre de récit le passionnait. Mais en même temps, il en avait un peu peur. Il était partagé entre le fait que cela existe réellement et que cela ne soit que du folklore, entre le fait que des forces démoniaques existent et peuvent influer sur le monde des vivants et le fait que tout ceci ne soit qu'un mythe propagé par les religions pour nous pousser à croire à une force divine. Ses deux amis, Raphaël et Lucas, ne se posaient pas ce genre de questions. Passionnés aussi d'histoires surnaturelles, ils voyaient cela comme un jeu, comme une façon de faire monter l'adrénaline, de connaître des expériences dangereuses et excitantes. Pour eux, le paranormal ressemblait à un saut à l'élastique : euphorisant et grisant avec une prise de risque calculé.

— Bon les gars, dit Raphaël, on fait comme on a dit. On fait semblant de s'intéresser aux objets du musée, on traînaille, on déambule un peu partout puis discrètement, on passe une première fois devant Robert, on prend des photos, on filme, puis on se promène encore un peu, on flâne ici et là et on attend la fermeture près de la porte dérobée.

— Là, continua Lucas, on se glisse par la porte dérobée et on patiente jusqu'à qu'il n'y ait plus aucune personne dans le musée pour sortir de notre cachette et faire notre rituel. J'espère qu'on a rien oublié.

— J'ai vérifié trois fois le matériel, répondit Raphaël. On est bon.

Raphaël aussi s'était beaucoup renseigné sur la poupée Robert, mais ses recherches s'étaient davantage centrées sur le bâtiment du Martello Museum. Il avait découvert, à l'intérieur de la forteresse, une porte secrète qui menait à une pièce interdite aux visiteurs. Dans cette pièce, les trois amis avaient prévu de se cacher dans un petit recoin sombre jusqu'à la fermeture du musée. Puis, une fois le rituel de transfert opéré, ils devaient attendre l'ouverture du musée pour partir discrètement.

— J'le sens pas ce coup-là, dit Yannick.

— Hou, monsieur l'intellectuel a peur, railla Lucas. Monsieur l'intellectuel a les chocottes, il fait sa petite poule mouillée. Bientôt il va nous pondre un œuf, l'œuf de la honte !

— Il est hors de question de reculer, dit Raphaël, on a pas fait tout ce chemin pour rentrer bredouille. Alors, on prend ses coucougnettes à pleines mains, on gonfle ses pectoraux et on y va !

Les trois amis entrèrent dans le musée. Raphaël Bison tenta de charmer la jolie hôtesse d'accueil blonde qui leur vendit leur billet. Yannick lui donna un coup de coude. Se faire remarquer était la dernière chose à faire.

— Putain, pour une fois que j'avais une touche avec une Américaine, dit Raphaël, voilà que j'peux même pas en profiter. Surtout que celle-là n'avait pas l'air d'avoir les pieds sur terre à force d'avoir les jambes en l'air !

— C'est elle ou Robert, dit Lucas.

— Ma foi, c'est un choix cornélien, dit Raphaël. J'ai jamais goûté à une Américaine, et les Américaines sont une denrée d'exception.

— Alors, vas-y fonce mon gars, dit Yannick, une occasion comme ça tu l'as retrouveras plus jamais ! Qu'est-ce qu'une poupée face à une fille ? Rien !

— Tu vois pas que j'plaisantais, répliqua Raphaël. Des filles, j'peux en avoir des centaines, alors que Robert, lui, est unique. Lui il va m'faire bander plus que cette pétasse blonde.

Comme convenu, les trois amis firent semblant de se passionner pour les différents objets du musée. Ils s'arrêtèrent devant les peintures de Mario Sanchez, les examinèrent. Ils essayèrent de se montrer le plus discrets possible pour ne pas attirer les regards sur eux. Enfin, ils arrivèrent à la salle qui les intéressait le plus, celle de Robert. La cage de verre était située sous une voûte en pierre qu'éclairaient plusieurs spots encastrés à même la roche. Placée sur un cube où l'on pouvait lire « Robert the dool », la poupée était assise sur un petit tabouret de bois et tenait une peluche en forme de mouton sur ses genoux. À l'intérieur de la cage de verre, posé à côté de la poupée, un chevalet présentait un parchemin qui retraçait l'histoire de la poupée. Derrière la poupée, accrochées sur le verre de la cage, trônaient des lettres d'excuses adressées à Robert.

La poupée glaçait le sang avec ses boutons noirs qui tenaient lieu d'organes oculaires, son habit de marin blanc et son képi blanc lui aussi. Robert était moche. Il semblait narguer tous les visiteurs qui s'approchaient de lui. Sur le cube de bois, un petit panneau les avertissait de ne pas prendre de photographies et d'éviter de regarder Robert dans les yeux.

— Qu'est-ce qu'elles ont ces poupées à ne pas vouloir être regardées, railla Raphaël. Elles se sont donné le mot ou quoi ?

— En fait, dit Lucas, un jour Robert est allé voir sa copine Annabelle et ils se sont dit que cela serait bien si on faisait peur aux gens en disant qu'on déteste les photographies et les gens qui nous provoquent en osant croiser nos regards. Et c'est ainsi que naquit la légende des poupées qui jettent des sorts dès que ces deux règles ne sont pas respectées.

Lucas esquissa un sourire et mit en route la fonction caméra de son smartphone, tandis que Raphaël prenait quelques clichés en douce de la cage de verre. Tous deux avaient choisi d'ignorer l'avertissement. Yannick, tout aussi discrètement, tenait son téléphone portable dans la main, dirigé vers la poupée Robert.

La poupée Robert se trouvait là, devant eux, majestueuse, mais en même temps tellement laide. Les conservateurs du musée l'avaient placée assise sur un tabouret de bois, la tête tournée vers le public, une peluche posée sur elle. D'après la croyance locale, cette peluche permettait de calmer Robert et d'éviter sa colère. La poupée de paille mesurait à peu près un mètre, ses yeux sont des boutons noirs et ses cheveux sont en laine. La poupée ressemble à un étrange petit garçon. Elle glace le sang. Tandis que Raphaël s'approchait de la cage en verre, Yannick préféra en détourner la tête. La regarder lui était insupportable. Lucas le poussa de l'épaule et lui fit comprendre qu'il devait se comporter normalement.

— Avec ta tête de linge blanc qui pue la culpabilité, bientôt on va avoir les vigiles à nos trousses, dit-il.

Raphaël arriva devant la poupée Robert. Il était émerveillé de voir tous les courriers qui tapissaient sa cellule de verre. À côté de lui, un couple discutait au sujet de l'histoire de la poupée. Raphaël préféra se concentrer sur ces mots d'excuse. Mais là où il se trouvait, il avait du mal à les lire. Il savait que les administrateurs du musée avaient scanné ces lettres pour les projeter sur un écran de télévision qui se situait dans une autre pièce du Martello Museum, non loin de là. Il ira y jeter un coup d'œil.

Le jeune homme était excité, il n'en revenait pas de se retrouver en face de Robert.

— Alors Robby, comment ça va mon poto ? T'es bien là dans ta cage en verre ? T'as pas envie de faire un petit tour, d'aller prendre l'air ? Te tracasse pas mon pot, on va te sortir de là. On va bien s'amuser tu verras. En attendant, j'vais t'prendre discrétos en photo, c'est pour mon album perso.

Au même moment, Lucas arriva près de lui.

— Yannick m'inquiète, dit-il. J'ai peur qu'il fasse tout capoter.

— Tranquillise-toi, répondit Raphaël, on va lui parler. Et si on voit qu'il est toujours en mode pétage de plomb, on l'envoie direct à l'hôtel et on continue notre plan sans lui. Pour le moment, admirons notre poto Robby, il est trop beau ! J'en reviens pas de le voir en vrai !

— S'il te plaît, arrête de provoquer la poupée.

— Toi aussi t'es pas rassuré ?

— Ouais, elle me fait une impression bizarre.

Soudain, la poupée tourna la tête vers Lucas et le fixa.

— Regarde, elle a bougé la tête !

Lucas mit ses mains sur la tête, en proie à la panique.

— Oh putain ! On va être maudit ! C'est pas possible, elle a bougé !

Raphaël se précipita sur lui.

— Arrête de crier, tu vas nous faire repérer espèce d'idiot ! La poupée n'a pas bougé la tête, c'est juste une impression !

— J'ai besoin de prendre l'air.

Et il décampa de la pièce. Ses deux amis lui emboîtèrent le pas. Ils sortirent du musée par la porte principale et se dirigèrent vers le parc, le long des allées. Ils avaient besoin de reprendre leurs esprits. Lucas stoppa sa course près d'un banc, à l'écart des autres visiteurs. Il tremblait de tous ses membres.

— Qu'est-ce qu'il s'est passé, demanda Yannick.

— Lucas a vu la tête de Robby bouger, dit Raphaël et il s'est pissé dessus. Mais tout cela s'est passé dans sa tête à lui, ce sont ses neurones qui ont bougé et qui ont plus connecté entre eux.

Lucas se retourna vers son ami. Il était rouge de colère.

— Je sais ce que j'ai vu, je ne suis pas fou ! Je te dis que Robert m'a regardé, moi, comme s'il me narguait. C'était comme s'il me disait que bientôt le malheur allait s'abattre sur moi.

— Arrête de divaguer, dit Raphaël. J'ai rien vu, sauf ta tête de fou !

— Attends, j'vais t'le prouver, j'ai tout filmé avec mon téléphone.

Les trois amis s'installèrent sur le banc. Lucas rechercha le moment exact sur la vidéo où il avait vu la poupée tourner la tête vers lui.

— Là, c'est là, s'écria-t-il, oh putain c'est flagrant !

Yannick et Raphaël visionnèrent les images. Effectivement, ils virent la poupée Robert faire pivoter sa tête pour les regarder. Le mouvement était discret, mais perceptible et bien réel. C'était comme si la poupée était vivante ou animée par un esprit.

— Oh merde, gémit Yannick, c'est pas bon ça, pas bon du tout.

— Ouais, tu vas être maudit pour la vie, dit Raphaël.

Et il se mit à rire.

— Arrête de rire putain, cria Lucas. Tu comprends pas que la poupée m'a vu !

— On doit se tirer d'ici, dit Yannick. Ça devient trop bizarre.

— Mais arrête de flipper monsieur la flippette, dit Raphaël. Cette vidéo montre simplement que quelque chose se trouve dans la poupée et que ce quelque chose on va l'attraper grâce au rituel que j'ai mis au point. C'est pour cela que nous sommes venus non ! Pour capturer une entité ! Putain les gars, mais vous avez pas l'air de vous rendre compte, on va enfin apporter la preuve d'un monde parallèle ! On est à l'aube de changer le monde et vous, vous voulez vous tirer ? Pas question. On reste, et on fait comme on a dit. On filme tout pour garder des preuves. Cette histoire va nous apporter la gloire, on sera vénéré comme des dieux, on va cartonner sur Twitter ! Et You Tube nous donnera des valises pleines de billets avec cette vidéo et avec toutes les autres qu'on va faire !

Yannick et Lucas se regardèrent. Ils surent qu'ils ne pouvaient pas convaincre leur ami de changer d'avis. Et le laisser seul était impossible. Ils étaient comme les doigts d'une main, liés. Et l'on ne laissait jamais un ami dans la panade. Ils devaient se résigner, même s'ils sentaient que toute cette histoire allait mal finir.

Raphaël sortit un sandwich de son sac à dos.

— Et si on mangeait un bout ? Le musée va bientôt fermer, j'ai la dalle, j'ai besoin d'énergie.

Yannick n'avait pas faim. Il se sentait trop stressé pour manger.

— Et si on revenait demain, dit-il dans une dernière tentative pour le faire changer d'avis.

— Pas question ! On y est, on reste !

****

Le Martello Museum allait effectivement fermer ses portes dans une dizaine de minutes. Le personnel invitait déjà les visiteurs à se diriger vers la sortie principale. Les trois amis entrèrent discrètement à l'intérieur du bâtiment, se faufilèrent au milieu des personnes qui en sortaient. Ils allèrent vers la salle aux peintures de Mario Sanchez quasiment au pas de course. C'est dans cette salle que se trouvait la porte qui donnait sur le local secret. En ayant pris de soin de s'apercevoir si personne ne les avait remarqués, ils ouvrirent la porte et pénétrèrent dans une pièce sombre, petite, en désordre. C'est là que l'on entreposait les objets qui ne servaient plus au musée. On y stockait, entre autres, des chaises qui menaçaient de s'écrouler et trois vieux bancs. Raphaël fit signe à ses amis de le suivre. Il disparut derrière une grande tenture tendue de part et d'autre du mur.

— Là, on risque pas de nous voir, même s'ils passent par ici pour y jeter une cochonnerie.

Derrière le rideau, un petit espace, d'environ trois mètres carrés, rempli de toiles d'araignées, promettait d'être une cachette parfaite.

— On tiendra jamais jusqu'à la nuit dans ce p'tit coin, dit Yannick.

— Surtout que d'autres visiteurs squattent le coin, dit Lucas en montrant les toiles d'araignées.

— J'déteste ces petites bêtes, dit Yannick.

— Maintenant, le pompon sur le bonnet serait que les rats débarquent, continua Lucas.

— Vous allez arrêter de vous plaindre, dit Raphaël. C'est juste pour se cacher une heure ou deux ! Remontez vos coucougnettes et montrez que vous êtes des hommes ! Des vrais !

Yannick souffla. Dans quelle merde s'étaient-ils fourrés cette fois ? Et s'ils se faisaient attraper ? Si quelqu'un les avait suivis et avait appelé la police pour les déloger ? Ils se retrouveraient avec une deuxième condamnation aux États-Unis.

Lucas posa son blouson par terre et s'assit.

— Ça vous dirait qu'on se raconte des vannes salaces pour faire passer le temps ?

Raphaël s'assit à son tour.

— Vas-y commence.

Pendant ce temps, Yannick alluma deux bougies qu'il posa à même le sol.

— Ça fera un peu de lumière.

Raphaël le regarda avec étonnement et l'applaudit.

— C'est pour ça que t'es la tête pensante de notre groupe, tu penses à tout.

— J'ai même pensé aux cartes pour passer le temps, répondit Yannick, ça sera mieux que tes blagues salaces.

— Adjugé ! Surtout que j'pourrais raconter mes vannes dégueulasses tout en jouant au tarot, dit Lucas.

Et ils commencèrent une partie de tarot, un jeu de cartes que les trois amis adoraient. Certains soirs, dans leur résidence universitaire, avec d'autres étudiants, des tournois s'organisaient qui duraient jusqu'au bout de la nuit.

À peu près une heure plus tard, Yannick entendit un bruit de grattement. Il réclama le silence.

— Chut, on dirait que des rats veulent nous rendre une petite visite.

Il prit une bougie et inspecta le minuscule recoin. Aucun signe d'un éventuel animal. Lucas empoigna sa lampe torche et balaya la pièce, sans succès.

— Pas une seule crotte de ces bestioles ici, dit-il.

— Ce qui peut signifier deux choses, dit Lucas, soit que ces affreux rongeurs ne viennent pas ici et donc que le musée est un modèle de propreté, ou que les rats vont chier ailleurs qu'ici, dans leurs toilettes privées, et donc que l'on a affaire à des rats civilisés.

Et il se mit à rire, bientôt rejoint par ses deux amis. La partie de tarot reprit dans la bonne humeur. Mais Yannick n'arrivait pas à chasser cette inquiétude qui lui tordait le ventre, il ne cessait de regarder derrière lui. Il avait bien entendu un bruit de grattement. Encore un mystère qui restera sans explications comme celle de la tête de Robert qui avait bougé seule.

Raphaël jeta un œil à sa montre et se leva.

— Il est l'heure de passer à l'action !

Deux heures du matin. L'heure de tout mettre en place pour le rituel. Les trois amis sortirent de la pièce secrète. Personne à l'intérieur du Martello Museum, les visiteurs dormaient tous tranquillement dans leurs hôtels. Quelques spots éclairaient les murs, mais cette lumière diffuse laissait de nombreux espaces sombres. Yannick alluma sa lampe torche.

— Allez on se dépêche, qu'on en finisse.

— Ho merde, t'es pas drôle, dit Raphaël. Moi qui comptais organiser une grosse fête dans le musée, c'est raté. J'avais l'intention d'inviter tous les fantômes du coin à une drap-party monstrueusement effrayante !

Ils arrivèrent devant la cage de verre abritant la poupée Robert. Raphaël posa son sac à dos par terre et en sortit Léon, le sosie parfait de la poupée Robert. Il se tourna vers ses amis.

— Avant de commencer, j'voudrais simplement vous dire que j'ai beaucoup apprécié vous connaître et que, si d'aventure, un accident nous tombe sur le coin de la gueule, jamais je ne pourrais vous oublier.

— Arrête tes conneries, dit Lucas en retirant un grimoire de son sac.

— Et aussi, continua Raphaël, que j'espère que vous avez pris beaucoup de papier et de crayon, car on sera obligé d'écrire une longue lettre d'excuse à notre ami Robby après ce que nous allons faire.

Lucas plaça le livre de magie près de la cage de verre. Pendant la manœuvre, il ne leva pas les yeux en direction de la poupée de peur de croiser son regard. De peur de la voir encore une fois se mouvoir pour le regarder. Deux ou trois spots encastrés au-dessus à même la roche et d'autres disposés tout autour de la cellule de verre éclairaient la poupée Robert d'une faible lueur. Raphaël posa la réplique de Robert près du livre.

— Bon, dit Lucas, j'espère que tout le monde est prêt et sait ce qu'il doit faire. On va réciter une formule, et après on remballe tout. On doit la prononcer tous ensemble, sinon ça marchera pas.

— T'as oublié les deux bougies, le calice et le sang, dit Yannick.

Lucas disposa les deux bougies noires, l'une à gauche, l'autre à droite du grimoire. Il prit le calice en forme de tête de mort et le mit devant le livre, il ouvrit la fiole et versa le sang de porc dans le calice. Il sourit lorsqu'il repensa à la façon dont ils s'étaient procuré le sang, dans une boucherie. La demande surprit le boucher, il les avait traités de satanistes, avait menacé d'appeler la police, mais finalement avait accepté de leur fournir une petite quantité de sang en contrepartie d'une petite somme d'argent.

Ce sang de porc était un ingrédient indispensable du rituel, l'offrande au démon pour obtenir son obéissance. Quant au calice en forme de crâne humain, Yannick l'avait déniché sur un site spécialisé en objets ésotériques. C'est fou ce qu'on trouve de choses bizarres sur la toile de nos jours !

Retour au présent

Matt, Margareth et Élisabeth pénétrèrent dans l'appartement des trois amis. La négociation pour obtenir l'accord du concierge d'ouvrir la porte avait posé quelques problèmes, mais l'homme avait accepté de leur confier les doubles des clés pour une petite somme d'argent. Margareth, en bonne gestionnaire, avait prévu ce scénario. Lorsqu'elle sortit de sa poche trois billets de cent euros, Matt écarquilla les yeux. Soudoyer les gens, il trouvait cela très antichrétien, surtout lorsque c'était une nonne qui se chargeait des négociations. Mais la fin justifiait les moyens.

Margareth entra la première dans l'appartement, suivis d'Élisabeth et de Matt qui referma la porte derrière lui.

— Ça sent mauvais ici, dit Élisabeth en se bouchant le nez, on dirait qu'il y a un cadavre en décomposition quelque part.

— Dépêchons-nous, dit Margareth, nous n'avons pas beaucoup de temps. Nous n'avons aucun droit d'être dans cet appartement, alors essayons de nous organiser. Si la police débarque, nous aurons de gros ennuis.

Matt hocha la tête.

— J'vais tenter de trouver les ordinateurs.

Margareth se tourna vers Élisabeth.

— Quant à nous, commençons par inspecter les chambres.

Les trois membres de l'Ordre des Purificateurs recherchaient en priorité des grimoires, des talismans… tout ce qui pouvait faire croire que les trois amis avaient pratiqué de la magie ou passé un pacte avec un démon.

Margareth entra dans la chambre de Raphaël Bison. L'odeur âcre devint plus forte. Elle balaya la pièce du regard : une chambre de garçon en désordre, lit défait, chaussettes sales au sol, canettes de Coca-Cola vides sur le bureau, armoire ouverte et vêtements jetés en boule à l'intérieur. Un objet en particulier près du radiateur attira son attention. Une poupée de paille, affreusement laide. Elle ressemblait à ces choses que les sorciers vaudous confectionnent pour leurs rituels. Elle s'approcha de la poupée, mais l'odeur de pourriture la força à reculer. Elle dut ouvrir la fenêtre pour respirer l'air pur, plutôt pollué, du dehors, afin de ne pas suffoquer. La puanteur émanait de la poupée. Elle appela ses deux camarades.

— Oh mon dieu, quelle horreur, dit Élisabeth en voyant la poupée. Et cette odeur, c'est insupportable !

— Ne la touchez pas, s'écria Matt. J'ai déjà vu cette poupée quelque part, attendez.

Il sortit de la pièce, suivi de Margareth et Élisabeth. Matt prit son ordinateur portable et ouvrit un document.

— Voilà c'est ça. Crystal a envoyé des documents concernant l'histoire de la poupée Robert ainsi que quelques photographies de la poupée. Elle ressemble beaucoup à celle qui se trouve dans la chambre.

Margareth regarda la photographie.

— C'est sa réplique exacte.

— Attendez, dit Élisabeth, si je me souviens bien, Yannick Perdurin et Lucas Capodici avaient parlé d'une poupée lors de leur arrestation. Ils disaient que cette poupée voulait les tuer. Serait-ce cette poupée ?

— D'après les documents que Crystal a envoyés, dit Matt, cette poupée qui est là dans la chambre et qui pue, est une reproduction de la poupée hantée Robert. On sait aussi que nos trois amis sont allés au Fort East Martello Museum cet été, l'endroit où se trouve Robert.

— Serait-ce possible, demanda Margareth, qu'ils aient volé la poupée Robert du musée ?

— C'est peu probable, répondit Matt, Crystal ne mentionne à aucun moment dans le dossier que la poupée a disparu.

— Alors, dit Margareth, nos trois amis ont acheté ou confectionné une réplique exacte de Robert. Pour quoi faire ?

— Que sait-on sur la poupée Robert du musée, questionna Élisabeth.

— Elle est hantée par un esprit maléfique, dit Matt. Elle appartenait à un certain Robert Eugène Otto qui l'aurait eue en cadeau par sa nourrice. En fait, les parents d'Eugène ont renvoyé la nourrice lorsqu'ils se sont aperçus qu'elle pratiquait le vaudou dans la maison. Pour se venger, elle a confectionné cette poupée et l'a donnée au petit Eugène qui a commencé à développer des symptômes bizarres, à subir des cauchemars quasiment toutes les nuits, à perdre l'appétit…

— Donc, dit Élisabeth, la poupée Robert est chargée d'un esprit de vengeance.

— D'après mes souvenirs, répondit Matt, je crois que l'esprit de vengeance est le plus terrible et destructeur de tous les esprits dans la culture vaudou, il peut provoquer des possessions démoniaques. On en parlera à Dimitri, lui il connaît tout ça.

— Nous devons savoir, dit Margareth, si la véritable poupée Robert se trouve toujours en Californie. Matt, s'il vous plaît, demandez à Crystal de se renseigner sur une éventuelle disparition de la poupée.

Matt appela aussitôt Crystal. Spontanément, on lui avait donné ce rôle d'intermédiaire entre la jeune femme et le groupe. Cela n'était pas pour lui déplaire. Il adorait voir le visage rayonnant de son amie apparaître sur son PC.

À Rome, l'ordinateur de bureau de Crystal afficha un appel en entrée sur sa messagerie. Elle se précipita pour répondre. Elle s'ennuyait au Vatican, dans sa pièce toute refaite à neuf, à l'écart de tous, et espérait que ses collègues allaient lui donner du travail. Pour faire passer son ennui, elle avait décoré son antre, avait installé des tableaux aux peintures vives, mais cela n'avait duré qu'un temps. Aujourd'hui, à part préparer les missions, effectuer des recherches et attendre les appels de Matt lorsque les Purificateurs se trouvaient en mission, elle n'avait pas grand-chose à faire. Se sentir ainsi inutile lui était très insupportable. Comme elle aurait voulu les accompagner sur le terrain...

— Coucou Matt, que puis-je faire pour toi ?

Matt sourit. Crystal n'avait toujours pas compris que se rapprocher de sa webcam pour qu'il la voie mieux était inutile et d'ailleurs, plus elle s'y approchait, moins elle devenait visible. Là, il ne distinguait que ses cheveux violets !

— J'ai besoin que tu fasses des recherches. Est-ce que le musée a déclaré le vol de la poupée Robert ?

— D'après mes premières recherches, je n'ai pas vu une ligne sur un éventuel vol ou une éventuelle disparition de la poupée. Mais je vais aller jeter un coup d'œil dans les journaux locaux de la région. Peut-être qu'ils en parlent. Je te rappelle.

Matt entendit le cliquetis reconnaissable des bracelets de Crystal et son écran devint noir. La jeune femme avait mis fin à la conversation. Trop contente de se remettre au travail, Crystal s'assit à son bureau et commença ses recherches.

Dans l'appartement de Yannick Perdurin, Raphaël Bison et Lucas Capodici, on s'interrogeait sur la poupée de paille trouvée dans la chambre de Raphaël. Pouvait-on la toucher ? Devait-on la ramener à Vincenzo pour une désinfection ? Et surtout, pourquoi sentait-elle tellement mauvais ? Margareth décida de prendre conseil auprès de Vincenzo avant de tenter une manœuvre qui pourrait nuire au groupe. Elle téléphona au prêtre-exorciste.

Pendant ce temps, Matt découvrit un ordinateur portable dans la chambre de Yannick, une pièce bien plus propre et rangée que la chambre de Raphaël. Ici, tout était en ordre, chaque chose à sa place. Il transféra les données du PC, photos, vidéos, documents, dernières recherches Google, sur son PC. Il n'avait pas le temps de les examiner sur place, il fera cela tranquillement une fois arrivé à l'hôtel. Il en profita pour imprimer le document PDF demandé par Dimitri sur la machine de Yannick. Et pendant que les feuilles s'imprimaient, Matt regarda les dernières recherches internet effectuées par Yannick. Les derniers jours avant le drame, le jeune homme avait consulté des sites consacrés à la délivrance, la plupart des sites religieux qui parlaient d'envoûtement et de possession démoniaque.

Élisabeth entra dans la chambre.

— Regarde ce que j'ai trouvé dans la chambre de Lucas Capodici.

Elle montra un livre de magie, un grimoire qui promettait, à l'aide d'incantations simples, d'invoquer les entités maléfiques. La couverture du volume affichait le sceau de Baphomet. Matt frissonna. On entrait vraiment dans l'occulte avec ce grimoire, dans la magie noire, la plus terrible.

— Tu crois qu'ils s'en sont servi, demanda Matt.

— J'ai l'impression que oui, en tout cas, je vais le rapporter à Dimitri pour savoir ce qu'il en pense. Au fait, j'ai vu un ordinateur dans la chambre de Lucas.

— Merci, j'y vais.

Au même moment, Margareth entra dans la chambre de Yannick.

— Je viens de téléphoner au Père Onoffrio, il veut qu'on lui apporte la poupée. Il m'a expliqué la procédure pour éviter qu'un éventuel maléfice me tombe dessus. Mais j'ai besoin d'aide.

— J'arrive ma sœur, dit Élisabeth.

Margareth avait trouvé, dans la cuisine des trois amis, un sac poubelle noir. Elle comptait déposer la réplique de Robert à l'intérieur de ce sac. La religieuse avait aussi déniché des gants en plastique roses, de ceux que se servent les ménagères pour laver la vaisselle ou les toilettes. Ces gants épais lui permettront de se saisir de la poupée. Elle les enfila et tendit le sac poubelle à Élisabeth.

— Vous allez ouvrir le sac pendant que j'y jette la poupée.

La médium hocha la tête.

— Au fait, je ne vous ai pas demandé, ressentez-vous quelque chose de particulier dans cet appartement ?

— Rien du tout, en tout cas pas une seule présence démoniaque. J'ai simplement la vague impression qu'une grande désolation s'est abattue dans ce lieu.

Elles entrèrent dans la chambre de Raphaël Bison. La puanteur était insoutenable, insupportable. Une puissante odeur de cadavre en décomposition avait envahi toute la pièce. Margareth nota qu'elle semblait plus vive maintenant qu'il y avait dix minutes de cela, comme si l'odeur pestilentielle se renforçait et augmentait au fur et à mesure des minutes qui s'écoulaient. Élisabeth réprima une violente envie de vomir et s'appuya sur le bureau du jeune homme. Aussitôt, elle reçut un flash, une escalade d'images qui la renversa. Margareth la soutint pour lui éviter la chute et attendit qu'elle reprenne connaissance. Au bout de quelques minutes, la médium ouvrit les yeux, elle était en larmes.

— J'ai vu des choses horribles, un démon, j'ai vu le meurtre dans le bar. Mais surtout, j'ai vu comment Raphaël a confectionné la poupée.

Margareth aida son amie à se relever.

— Est-ce que ça va aller ?

Élisabeth, encore sous le choc, hocha la tête et se dirigea vers la fenêtre où elle respira un grand bol d'air frais.

— L'entité que les trois amis ont rapportée de Californie n'est pas ici. Elle se trouve avec eux, à l'hôpital. La poupée est inoffensive. Elle a simplement servi de réceptacle, mais n'a aucune fonction malsaine à présent.

— Pas si inoffensive que cela, répliqua Margareth, qu'est-ce qu'elle sent mauvais !

La religieuse prit la poupée avec beaucoup de précautions. Heureusement qu'elle avait des gants ! Elle répugnait à toucher cette chose horrible. Élisabeth ouvrit le sac noir et Margareth y jeta l'imitation de Robert. Aussitôt, la médium referma le sac et le noua plusieurs fois à l'aide du fil en plastique orange qui accompagnait souvent ce genre de sacs poubelles.

— J'espère que l'odeur restera à l'intérieur de ce sac, dit-elle.

Margareth remarqua qu'un liquide rougeâtre recouvrait le sol à l'endroit où gisait, avant, la poupée de paille.

— On dirait du sang, dit-elle.

Elle se pencha, sortit son appareil photo et prit un cliché.

— C'est bizarre ce truc-là.

Les deux femmes rejoignirent Matt au salon qui avait terminé de transférer les dossiers du PC de Lucas Capodici sur son ordinateur.

— J'espère que quelqu'un m'aidera à trier toutes ces données.

Au même moment, son téléphone portable sonna. C'était Crystal qui lui annonça que le musée de Key West n'avait déclaré aucun vol, mais qu'un article, passé inaperçu, d'un journal local, parlait de la présence de sang près de la cage de verre de la poupée Robert. Une petite flaque de sang. Le lendemain matin, la femme de ménage avait dû frotter pour enlever cette trace. Personne ne sait d'où elle provient et le musée n'a pas voulu divulguer cette histoire de peur d'attirer encore plus d'adeptes du paranormal, de fanatiques du surnaturel comme on les appelait. La ville n'avait pas besoin de cela et la politique actuelle préférait un tourisme qui rapporte, avec des gens plus aisés, qui s'arrêtent dans les hôtels, qui se promènent au centre-ville, qui consomment dans les restaurants et les bars, qui ont les moyens d'acheter des souvenirs et non des visiteurs composés de jeunes en mal de sensations fortes qui dorment dans leur voiture et allument des barbecues sauvages pour se nourrir.

— Cette plaque de sang trouvée à côté de Robert est bizarre, dit Élisabeth. On a retrouvé ce qui ressemble à du sang dans la chambre de Raphaël Bison, à l'endroit où était posée la poupée sosie.

— Nous devons partir, dit Margareth, nous aurons tout le loisir de discuter de cela, mais dans l'immédiat, dépêchons-nous de sortir de cet appartement.

****

Dimitri, Daniel, Vincenzo et Carlo prenaient un verre au café-restaurant de l'hôtel où ils étaient descendus. Vincenzo, le visage rouge, n'arrivait pas à décolérer. Il voyait encore le docteur Masquin l'injurier, lui crier qu'il avait menti sur ses intentions et promettre de porter plainte. Il a fallu beaucoup de diplomatie pour calmer le psychiatre et la promesse de ne plus revenir à l'hôpital. Vincenzo n'arrivait pas à comprendre que malgré ce que le médecin avait vu, il ne croyait pas à la possession et refusait la main qu'il lui tendait pour l'aider à guérir ses patients. Cet homme a un cœur de pierre et un cerveau de limace, pensa Vincenzo.

Le reste de la troupe arriva enfin. Vincenzo leva la tête vers ses collègues.

— Faites-moi un bref exposé de vos trouvailles, demanda Vincenzo.

— Nous avons trouvé une poupée de paille, dit Margareth, qui ressemble étonnamment à la poupée Robert dont nous avait parlé monsieur Marchand. Bravo d'ailleurs pour votre perspicacité, monsieur Marchand.

Dimitri lui sourit. Pour une fois qu'il recevait un compliment de la part de Margareth, il en était presque bouleversé au point de ne trouver aucune parole piquante à lui répliquer.

— Cette poupée a une odeur bizarre, continua Élisabeth, elle sent la mort. Mais, je n'ai ressenti aucune vibration démoniaque autour d'elle.

— Quant à moi, dit Matt, j'ai réussi à transférer toutes les données des PC de Yannick Perdurin et Lucas Capodici. Maintenant, il ne me reste plus qu'à analyser tout cela.

— C'est du bon travail, dit Vincenzo. Quant à nous, nous avons pu parler avec monsieur Lucas Capodici. Le psychiatre, un homme buté et borné, n'a pas accepté que nous rencontrions Yannick Perdurin et Raphaël Bison. Je crois qu'il avait peur de quelque chose qui dépasse son entendement et qu'il ne voulait pas que l'on découvre qu'en réalité il crevait de trouille. Ce n'est pas grave. Nous avons pu parler avec monsieur Lucas Capodici qui s'est montré particulièrement bavard et a beaucoup éclairé ma lanterne. Ce jeune homme est vraiment perturbé. À première vue, nous avons affaire à une vexation démoniaque. Nous avons dû neutraliser le démon qui s'était matérialisé devant lui, mais il reviendra, car l'hôpital est un endroit qui le renforce à cause de toute la souffrance des malades. Donc nous devons agir vite avant qu'un drame ne survienne. Monsieur Raphaël Bison est certainement le plus touché, c'est lui qui est possédé. Du moins, c'est qu'a voulu nous faire comprendre monsieur Masquin, cet abruti de médecin qui refusera de nous aider. Monsieur Lucas Capodici nous a révélé avoir effectué un rituel de magie noire auprès de la poupée Robert, mais il n'a pas réussi à se souvenir des paroles exactes du rituel. Nous devons découvrir quel est ce rituel et quel démon opère dans toute cette histoire.

— Nous avons parlé avec les parents et le frère de Raphaël Bison, dit Dimitri. La mère n'a pas arrêté de nous dire que celui qui se trouve enfermé dans l'hôpital n'est pas son fils. Le corps est bien celui de son fils, mais ce n'est pas son fils.

— Et une mère ressent ces choses-là, dit Margareth. Tenez monsieur Marchand, voici un grimoire que nous avons trouvé dans la chambre de Lucas Capodici. Peut-être y trouverez-vous quelque chose d'intéressant.

— Avez-vous apporté la poupée, demanda Vincenzo à Margareth.

— Oui, elle est enfermée dans ce sac en plastique pour éviter les odeurs.

— Elle sent terriblement mauvais, dit Élisabeth. Je vous conseille de l'ouvrir dans un endroit bien aéré au risque de vous asphyxier.

— Très bien. Nous devons trouver le démon qui se cache derrière cette histoire, qu'est-ce qui l'a fait entrer dans notre monde, comment les trois jeunes hommes l'ont attiré, dit Vincenzo. Je pense que ces gosses n'ont pas mesuré la dangerosité de leurs actes, ils ont pris cela comme un jeu. Ils ont voulu se faire peur en se rendant en Floride, jouer aux chasseurs de fantômes en voulant rencontrer la poupée Robert. Est-ce qu'ils ont appelé le démon là-bas ou est-ce que le démon était déjà présent et avait besoin d'une porte ouverte pour se révéler ? Tous ces éléments nous seront très utiles, car nous devrons effectuer un exorcisme pour les libérer et nous n'aurons pas le temps, lors de cet exorcisme, de jouer aux jeux des devinettes pour ajuster le rituel. Monsieur Bohé, occupez-vous des données que vous avez transférées des PC de nos amis, mademoiselle Ivodric vous aidera dans ce travail. Monsieur Marchand, voyez si vous trouvez quelque chose dans ce grimoire. Le Père Rinaldi, Margareth et moi-même, nous allons neutraliser la poupée, même si je sais qu'aucune entité n'a élu domicile dans cette horreur. Monsieur Zio, contactez mademoiselle Louvière et ensemble essayez d'établir un plan très précis de l'hôpital. Je veux tout, le nombre de chambres, d'étages, les habitudes du personnel… Concentrez vos recherches sur l'UMD, c'est ce pavillon qui m'intéresse particulièrement.

Margareth grimaça à l'idée d'ouvrir le sac poubelle.

— À quoi pensez-vous mon Père, demanda Carlo.

— Je crois que nous devrons nous rendre dans cet hôpital pour sauver ces trois gamins, mais nous devrons agir avec beaucoup de discrétions et nous montrer très prudents pour ne pas éveiller les soupçons sur nous. Entrer comme un voleur dans un hôpital, voilà ce que nous allons devoir faire, à cause de ce médecin trop borné ! Avant, nous devons absolument savoir à quoi nous avons affaire. Notre mode d'action sera très limité, donc nous devons vraiment connaître le démon auquel on s'attaque afin de le vaincre rapidement. Le tâtonnement nous est interdit. Au travail !

Tout le monde se leva. Vincenzo retint Matt par le bras et lui tendit son étui à lunettes.

— Monsieur Bohé, tenez. Retirez-moi la petite caméra et analysez la vidéo s'il vous plaît. Peut-être y verrons-nous la matérialisation de ce monstre que nous chassons.

Flash-back n° 3

Tout content, Raphaël se tourna vers ses deux amis, le calice rempli de sang de porc à la main.

— Bon on y est ! On fait comme on a dit, on récite l'incantation et on verse le sang sur Léon.

— Écoutez, dit Yannick, je le sens pas, on est allé trop loin là.

— Et c'est reparti, railla Raphaël, monsieur le trouillard fait encore des siennes. Si tu veux pas l'faire, dégage plus loin, on a pas besoin de toi !

Yannick souffla. Il s'approcha d'un pas hésitant de l'hôtel improvisé devant le cube où était posée la cage de verre de Robert. Il aurait voulu prendre ses jambes à son cou, fuir, quitter le musée et n'avoir jamais pensé à toute cette histoire, mais il ne pouvait pas trahir ses amis. Il s'avança en évitant de regarder la poupée Robert et se plaça près de Lucas qui lui envoya un sourire.

— T'inquiète, tu sais que tout ça c'est une blague, on risque rien.

Yannick hocha la tête. Il n'était pas rassuré pour autant.

— Alors pourquoi on le fait si c'est une blague ? Et tu oublies que Robert a tourné la tête pour te regarder, répondit Yannick.

— Ça s'est passé tellement vite, dit Lucas, que j'crois que ça c'est jamais passé. J'ai rêvé tout ça.

— Et la vidéo ?

— La vidéo ne prouve rien, on voit pas grand-chose. L'image est noire. Tu te souviens ce cours de psychologie barbant en deuxième année où le prof disait que l'on peut, par suggestion, faire gober n'importe quoi à n'importe qui ? En fait, j'ai tellement voulu que Robert soit habité par un esprit, que j'ai imaginé qu'il a bougé et que même dans la vidéo, je le vois bouger alors que ça n'est pas le cas. J'suis sûr que si on regarde cette même vidéo tranquille à Paris dans quelques semaines, on ne verra plus Robert bouger.

— Et si on le fait, surenchérit Raphaël, c'est pour nous prouver une bonne fois pour toutes, que tout cela, ces histoires de fantômes et de démons, ça n'existent pas.

Yannick baissa la tête. Il n'y croyait pas du tout à l'explication biscornue de la prétendue illusion de Lucas. Il avait bien essayé de raisonner ses amis alors qu'ils étaient cachés dans la pièce secrète. Sans succès. Raphaël et Lucas voulaient mettre en place le rituel de magie noire et aller jusqu'au bout de l'aventure.

— Yannick, dit Raphaël, comme t'es un gros trouillard, tu vas simplement filmer la scène. Lucas et moi, on s'occupe de l'incantation. Comme ça, si un gros démon sort de Robert, il s'attaquera à nous, pas à toi. Ça te va ?

Yannick hocha la tête et attrapa son smartphone dans la poche de son jean. Il vérifia la batterie. Il lui en restait suffisamment.

— C'est bon j'suis prêt.

Et il enclencha sa caméra. Raphaël se plaça devant son ami et s'adressa aux futurs spectateurs du film.

— Bonjour les amis, il est à peu près deux heures du matin en Floride. Nous voici au Fort Martello pour une expérience unique. Nous allons essayer de transférer l'esprit qui se trouve dans la poupée Robert dans notre poupée Léon que nous avons fabriquée à sa ressemblance. On pense que Robert est hanté par un esprit de vengeance et c'est avec cet esprit que nous allons tenter de communiquer.

Raphaël se saisit de la poupée de paille sosie de Robert et la montra à la caméra.

— Voilà notre poupée bis, que nous avons appelée Léon. Pourquoi Léon ? Parce que cela nous plaisait. Remarquez comme Léon est le portrait craché de Robert. Nous avons soigné les détails à la perfection pour que Léon soit une fidèle reproduction de Robert. Donc, nous allons essayer d'invoquer le mauvais esprit qui se trouve dans Robert pour l'emprisonner dans Léon.

Raphaël posa Léon près du grimoire.

— Pour cela, nous avons besoin de deux bougies noires, que Lucas va allumer, d'un calice tête-de-mort, dans lequel se trouve du sang de porc.

Il montra à la caméra le calice et l'intérieur du récipient.

— Le sang nous servira d'offrandes à l'esprit afin qu'il nous obéisse. Nous avons aussi besoin d'une formule magique d'incantation qui se trouve dans ce grimoire.

Il souleva le livre de sorcellerie pour le mettre devant la caméra du smartphone.

— Notez que ce livre est un vrai recueil d'incantations de magie noire. Regardez sa couverture, elle présente le sceau du démon Baphomet, celui que les Templiers vénéraient.

Il posa le livre à sa place, près de la cellule de Robert.

— Tout est prêt, alors que la séance commence. Mais avant, cher toi qui visionnes cette vidéo, ne t'amuse pas à reproduire ce rituel chez toi, c'est dangereux, t'as compris ? Ne joue pas au con, ne joue pas à l'apprenti sorcier parce qu'invoquer les esprits du mal, ben, ça peut te tuer. T'as bien compris, jeune padawan, n'essaie pas de reproduire ceci chez toi.

Yannick réprima une violente envie de hurler : Raphaël donnait des conseils que lui-même ne tenait pas ! Il jouait à l'apprenti sorcier, jouait avec des forces qui le dépassaient, le tout avec une indifférence nonchalante qui le mettait hors de lui.

Raphaël prit le grimoire dans ses mains ouvert à une page bien précise. Lucas, qui avait allumé les bougies noires, se plaça à côté de lui. Ensemble, ils récitèrent une formule magique :

— HEKAS HEKAS ESTE BEBELOI ! Esprit qui se cache dans la poupée Robert, toi qui à présent te terre dans le noir, toi qui es emprisonné dans de la paille, franchis le miroir afin que l'on puisse te voir.

Raphaël prit une bougie, Lucas la deuxième. Ensemble, ils versèrent un peu de cire devant de la cage de verre. Ils se tinrent un moment immobiles, silencieux, guettant le moindre bruit suspect afin de jauger l'impact de leurs paroles. Rien ne se passa. Soudain, Yannick se mit à crier.

— Robert ! Robert a bougé !

Raphaël et Lucas sursautèrent et reculèrent du cube de verre. La poupée était descendue de son tabouret et se trouvait toujours dans sa cellule, mais debout, les mains posées sur la vitre. Elle les scrutait, un sourire narquois dessiné sur ses lèvres. Les quelques spots qui l'éclairaient vacillèrent. Jour, nuit, jour, nuit. Chaque fois que la lumière revenait, Robert changeait de place et de position. À un moment, les trois amis virent avec effroi qu'il montrait ses fesses ! Puis les spots s'éteignirent pour de bon. Lucas eut un mouvement de panique et faillit lâcher sa bougie. Raphaël le saisit par le bras.

— Ça fonctionne !

Lucas tremblait de tous ses membres. Yannick avait du mal à respirer. La pièce s'était soudain refroidie. Leur souffle formait de petits nuages blancs. Robert se tenait là immobile devant eux, il les fixait. Ils sentaient son regard sur eux, comme un danger imminent.

— Merde, gémit Yannick en proie à la panique ! On a libéré l'esprit ! C'est pas bon, pas bon du tout.

— Tais-toi, cria Raphaël. On continue le rituel. On doit emprisonner l'esprit dans Léon.

Raphaël et Lucas posèrent les deux bougies noires à leur emplacement. Raphaël donna le grimoire à Lucas et se saisit du calice.

— Esprit qui t'est libéré, dit-il, évadé de ta demeure, et qui veut tourmenter notre groupe en cette heure, nous t'enjoignons de quitter ce lieu et de te rendre dans la poupée Léon qui sera ta nouvelle demeure. Là, tu ne pourras plus nous tourmenter. Viens, nous te l'ordonnons dans Léon !

Le jeune homme versa le sang de porc sur la poupée en paille Léon. Une tache de couleur bordeaux apparue sur la poupée, qui s'agrandit. Aussitôt, un nuage de fumée noire entoura Léon, qui tournoya un instant autour de la poupée pour s'évanouir à l'intérieur d'elle, emportant avec elle la marque rouge. Hébété, Lucas regarda son ami.

— C'est fini ?

— Non, par encore. L'esprit a rejoint le corps de Léon, mais nous devons aller au bout du rituel pour qu'il ne s'y échappe pas. On doit dire la phrase de clôture ensemble.

Lucas hocha la tête. Il affichait un visage au teint blanc comme un linge et suait à grosses gouttes. Il était glacé de l'intérieur.

— LORTUS MENG ICHA ! hurlèrent en cœur Raphaël et Lucas.

Aussitôt, les lumières qui entouraient la cage de verre se rallumèrent. Robert avait retrouvé sa place sur son tabouret, sa peluche sur ses genoux, comme si rien ne s'était passé.

— C'est fini, dit Raphaël.

— C'était quoi cette merde, demanda Lucas.

— Putain, c'était génial, s'écria Raphaël. J'm'attendais pas à ça, j'arrive pas à croire qu'on a vécu ça !

Yannick éteignit sa caméra. Il tremblait toujours. Il sentait que quelque chose n'allait pas, un sentiment d'oppression qui ne le quittait pas.

— On remballe tout, dit-il, et on s'tire d'ici !

Lucas fut le premier à réagir. Il souffla sur les bougies, versa le sang restant du calice dans sa fiole d'origine et le rangea le tout dans son sac à dos en même temps que le grimoire. Il tendit les bougies à Yannick.

— Tiens prends-les. On va attendre que la cire refroidisse pour les remettre dans le sac.

Pendant tout ce temps, Raphaël était resté immobile, presque catatonique. Il regardait fixement Léon, comme hypnotisé par la poupée. Lucas lui donna un coup de coude.

— Tu t'bouge ! J'ai pas envie de traîner encore une minute à côté de Robert. Ramasse Léon qu'on s'tire.

Raphaël sortit de sa torpeur, se baissa pour attraper la poupée. Ce qui le choqua le plus, c'est qu'il ne voyait aucune trace du sang versé sur le torse de Léon, comme si l'entité qui avait répondu à l'appel du rituel avait avalé ou bu le sang. Un long frisson parcourut sa nuque. Glacial. Il était devant quelque chose qui défiait toutes les lois de la physique. Il examina la poupée. Ce phénomène dépassait l'entendement. Aucune trace de sang. La poupée était immaculée. Il remarqua qu'elle pesait plus lourd que son poids habituel. Il avait souvent porté Léon, et ce détail ne pouvait lui échapper. Il la soupesa. Effectivement, Léon avait pris du poids. Soudain, il vit les yeux, deux boutons noirs, de la poupée devenir incandescents. Une fumée noire s'en dégagea et entra en lui par les orifices de ses globes oculaires. Le jeune homme poussa un cri, jeta la poupée loin de lui et s'écroula à terre.

Lucas et Yannick se précipitèrent sur lui. Raphaël, les yeux révulsés, convulsait. Des soubresauts traversaient son corps à une vitesse folle. La peur paralysa Yannick qui se mit à pleurer. Lucas se pencha sur son ami, tentant de faire cesser la crise, tentant de le maintenir et de contenir les tremblements. Il passa son bras derrière la nuque de Raphaël pour éviter que sa tête cogne le sol. Une bave blanchâtre sortit de la bouche de Raphaël, qui les yeux toujours révulsés, continuaient de trembler comme si plusieurs décharges électriques pénétraient son corps au même moment, le transperçaient de part et d'autre. Lucas était affolé.

— Appelle les secours, cria-t-il. Il fait une crise d'épilepsie !

Mais Yannick, terrorisé, n'arrivait plus à mouvoir une seule partie de son corps. Lucas, qui avait beaucoup de peine à maintenir Raphaël, se retourna vers son ami.

— Bouge-toi ! Appelle les secours !

Le jeune homme sentait aussi la panique le gagner. D'une main, il tira une bouteille d'eau de son sac, ouvrit le bouchon avec les dents et fit couler un filet d'eau sur la tête de Raphaël, pensant ainsi soulager la crise. Il remarqua que le corps de Yannick surchauffait, son visage était devenu rouge, de la fumée s'échappait de son crâne, comme s'il grillait de l'intérieur.

— Merde ! Il va mourir !

Ces mots réveillèrent Yannick qui sortit son téléphone de sa poche. Il tremblait tellement qu'il le fit tomber. Il le ramassa, l'examina. Il était intact. Au même moment, Raphaël ouvrit les yeux. Hébété, comme sortie d'un mauvais rêve, le jeune homme regarda ses amis.

— Qu'est-ce qu'il s'est passé ?

Lucas le serra contre lui. Raphaël se redressa.

— Oh putain ! Tu vas bien ?

— Ouais, un peu fatigué. J'ai mal dans tous les muscles, mais ça va.

— T'as fait une crise, comme une crise d'épilepsie. C'était horrible à voir.

— J'ai soif, très soif. Et je meurs de chaud.

Lucas lui tendit sa bouteille d'eau qu'il vida d'une seule traite. Puis, il l'aida à se lever.

— Allez viens, on va se reposer un peu dans notre pièce secrète et manger un bout. On a besoin de reprendre des forces et surtout nos esprits.

— Elle est où la poupée Léon, demanda Yannick.

Les trois jeunes hommes fouillèrent partout, près de la cage de verre, dans les moindres recoins, sans résultats. Léon avait disparu. Quant à Robert, il était toujours assis sur son tabouret et n'avait pas bougé de place au grand soulagement de Yannick.

— On doit la retrouver, dit Raphaël.

Les trois amis se regardèrent. Lucas hocha la tête. Raphaël se sentait comme ankylosé, ses muscles étaient endoloris, sa boîte crânienne lui faisait l'effet d'avoir été compressée par un étau.

— J't'ai vu la lancer devant toi, dit Lucas. Elle doit pas être loin.

— Sauf, répondit Yannick, si l'esprit qui est dans la poupée a décidé de se cacher quelque part.

Les trois amis se regardèrent et comprirent avec effroi qu'ils avaient libéré quelque chose qu'ils ne maîtrisaient pas.

— Non, dit Raphaël, j'ai dû la balancer dans un coin, allons la chercher.

Il se saisit de son sac à dos, qu'il trouva bien lourd. Il l'ouvrit. Léon était à l'intérieur. Qui l'avait mis là ? Il se souvenait l'avoir pris, puis il plus rien. À aucun moment, il n'avait rangé la poupée dans son sac à dos.

Retour au présent

Dans sa chambre d'hôtel spartiate, Vincenzo se préparait pour le rituel d'exorcisme. Il avait enfilé sa toge blanche et posé son étole violette autour du cou. Il entama quelques prières pour demander la protection des anges et des saints. Le prêtre-exorciste avait l'intuition que la poupée était inoffensive, mais il ne pouvait se permettre une erreur de diagnostic.

On frappa à sa porte. Margareth et Carlo entrèrent dans la minuscule chambre. Eux aussi avaient revêtu leurs habits liturgiques. Carlo avait béni de l'eau et du sel et posa les deux récipients sur la petite table de chevet. Margareth grimaça de dégoût.

— Vous avez ouvert le sac poubelle, demanda-t-elle à Vincenzo.

En effet, Vincenzo avait desserré les liens orange du sac poubelle noir et les avait aussitôt renoués. Léon sentait furieusement mauvais, une odeur de mort insoutenable avait envahi la pièce. Le prêtre avait réprimé un haut-le-cœur et s'était précipité à l'unique fenêtre de la chambre pour l'ouvrir en grand. Mais on était à Paris, et comme dans toutes les villes du monde, l'air était écrasant de pollution. Pas un souffle d'air. Une chaleur terrible, étouffante. Vincenzo décida de laisser la fenêtre ouverte malgré l'air brûlant qui s'engouffrait dans la pièce. Il suait à grosses gouttes.

— C'est la poupée qui sent mauvais, dit-il. C'est insupportable ! On aurait dû s'occuper de cette satanée poupée dehors ! J'ai l'impression que la poupée contient un rat mort à l'intérieur de son corps.

— Élisabeth nous avait conseillé, dit Carlo, d'ouvrir le sac dans un endroit aéré. Elle nous avait prévenus que l'odeur allait être insoutenable.

Margareth prit le sac poubelle. Une puanteur nauséabonde s'en dégageait.

— Je m'en occupe, dit Margareth, j'ai eu à faire des choses bien plus terribles lorsque j'étais militaire, des choses inimaginables comme soigner des plaies surinfectées ou entasser des cadavres dans des fosses communes, cadavres dont les tripes étaient à l'air. Et aussi, chez les

Passionnistes, certaines choses n'étaient pas belles à voir.

Carlo rejoint Vincenzo à côté de la fenêtre, soulagé de ne pas s'occuper de cette corvée. Margareth s'agenouilla près du sac poubelle, inspira profondément pour faire entrer le plus d'air possible dans ses poumons, stoppa sa respiration, ouvrit le sac et sortit Léon qu'elle examina. Le dos de la poupée présentait une boursouflure, comme si l'on y avait mis à objet à l'intérieur. Pourtant, elle n'avait vu aucune couture. Elle prit son couteau et coupa le tissu de la poupée transversalement. Un rat à moitié dévoré par les vers tomba dans le sac poubelle. D'énormes vers blancs grouillaient dans la carcasse de la bête, et certains restaient accrochés à l'intérieur de la poupée. De dégoût, Margareth jeta la poupée dans le sac poubelle qu'elle s'empressa de refermer.

— Qui a fait ça, demanda-t-elle dans un spasme.

Elle se précipita à la fenêtre, la main sur la bouche pour contenir un haut-le-cœur. Vincenzo lui tendit une bouteille d'eau. Margareth reprit ses esprits et se tourna vers ses deux collègues.

— Quelqu'un a caché un rat mort à l'intérieur de la poupée, rongé par les asticots. La carcasse de l'animal est à moitié dévorée. Ça grouille de vers. Le pire, c'est que je n'ai pas remarqué de couture, je ne sais pas comment on a pu mettre cet animal à l'intérieur de la poupée.

— Peut-être que les jeunes, dit Vincenzo, l'ont mis là pour leur rituel.

— Je n'ai pas remarqué de couture, dit Margareth. Mais, je n'ai pas regardé la poupée en détail tellement elle sent mauvais, un examen en détail pourrait nous montrer une couture très fine. Mais franchement, je ne m'en sens pas le courage. Mon cœur a vieilli et n'est pas aussi accroché qu'avant.

— Je sais que, dit Carlo, dans certains rituels vaudous, des choses comme celle-ci arrivent souvent. Parfois, le sorcier fabrique une poupée, ou un objet quelconque, et lorsqu'il lance un sort, un animal se matérialise dans l'objet. Cet animal apparaît spontanément.

— Donc, c'est que nos jeunes ont décidé de s'adonner à la magie noire et le rituel a visiblement fonctionné, dit Vincenzo. Neutralisons la poupée, puis brûlons-la pour faire disparaître cette odeur.

Il s'approcha de la poupée. Des asticots blancs énormes étaient tombés près du sac plastique et se tortillaient gaiement sur le plancher. Il grimaça et les écrasa du pied. Une image s'interposa dans sa tête, celle de lui allongé sur le lit, plongé dans un sommeil profond. Des vers blancs grimpaient sur lui et s'insinuaient dans ses oreilles et son nez.

— Allons faire ça dehors et après on nettoie tout ici, dit-il écœuré.

****

Au même moment, Matt et Élisabeth s'occupaient des données informatiques transférées des PC de Yannick Perdurin et Lucas Capodici. La médium avait pris place à côté du petit génie de la bande et tous deux scrutaient l'écran.

— Je te propose de commencer par l'historique des recherches effectuées par nos deux hommes, dit Matt.

Élisabeth acquiesça. Matt ouvrit le premier historique de navigation, celui de Yannick Perdurin. À première vue, le jeune homme avait effectué, quelque temps avant le drame, des recherches concernant l'exorcisme et des rites de désenvoûtement.

— De quoi avait-il peur, demanda Élisabeth.

— Certainement de ce qu'il s'est passé dans le bar Patrick's au Ballon Vert, répondit Matt.

En cherchant plus loin dans les dates de l'historique de navigation, avant le départ des trois amis pour la Floride, Yannick avait effectué des recherches concernant l'hébergement sur place, ainsi que sur la poupée Robert.

— Notre ami était chargé de l'intendance de cette expédition, dit Élisabeth, et en même temps, il s'est intéressé à Robert.

— C'est lui qui s'est occupé de tous les menus détails concernant le voyage, lui qui a réservé les billets d'avion et ceux pour le bateau de croisière jusqu'à Key West, dit Matt. Allons voir ce qu'a fait Lucas Capodici pendant ce temps.

L'historique de navigation de Lucas Capodici ne ressemblait pas à celui de Yannick. En effet, le jeune homme passait beaucoup de temps sur des sites pornographiques. Ses recherches étaient même parfois effrayantes : femme sodomisée par un chien, femme qui se fait violer, gang-bang russe…

Élisabeth sourit en s'apercevant que Matt était embarrassé par ce qu'il découvrait.

— Ne sois pas gêné mon petit Matt, tous les hommes vont voir des sites pornos sur internet. Et les jeunes cherchent un peu tout et n'importe quoi, c'est le mal de notre société.

— Pas tous les hommes, répondit Matt, ce genre de sites n'intéressait pas notre ami Yannick.

— Ce qui est surprenant d'ailleurs, dit Élisabeth.

Matt continua à faire défiler l'historique de navigation. Il remonta avant le voyage en Floride. Ils découvrirent que Lucas Capodici s'était très peu connecté à des sites pornographiques avant son retour des États-Unis. Le jeune homme s'était beaucoup renseigné sur la poupée Robert. Il avait notamment visité des blogs dédiés au paranormal. Il s'était aussi beaucoup intéressé à des sites de sorciers et marabouts qui pullulent sur la toile et donnent des indications pour réaliser un rituel magique. Apparemment, Lucas recherchait comment transférer un esprit enfermé dans un objet dans un autre objet. Matt écarquilla les yeux.

— En fait, j'ai compris ce que nos trois amis prévoyaient de faire, s'écria-t-il. Ils ont voulu appeler l'esprit qui se trouve dans Robert et l'enfermer dans leur poupée. Ils ont confectionné une poupée similaire et se sont rendus sur place pour essayer de faire entrer l'entité qui se trouve à l'intérieur de la poupée Robert dans leur poupée. Quelle idée !

— Apparemment, Lucas Capodici s'intéressait beaucoup au paranormal, et je pense que l'idée de cet esprit de Robert piégé dans une autre poupée devait être un jeu.

— Un jeu, mais pas si anodin que cela. Et les trois amis se sont préparés au rituel de transfert d'esprit qui les a menés direct en enfer. Ils ont acheté des bougies noires sur un site de magie, ainsi qu'un calice à la tête de mort. C'est impressionnant comment on peut penser à tout mettre en place pour aller capturer un esprit qui se trouve à plusieurs milliers de kilomètres de là.

— Moi, ce qui m'impressionne, c'est que Lucas Capodici, avant de partir pour la Floride, était un garçon normal. Il allait sur certains sites, surtout des blogs, s'intéressait au paranormal, mais sans que cela soit une réelle obsession, il regardait beaucoup de vidéos cocasses et burlesques sur YouTube, on voit aussi qu'il s'intéressait beaucoup aux nouvelles technologies, mais après son retour de Floride, quelque chose a changé. Notre homme est devenu un obsédé du sexe et passait son temps à regarder des vidéos pornos. Avant la Floride, on peut noter que Lucas Capodici est un jeune étudiant équilibré et bien dans sa peau. Après la Floride, on a l'impression qu'il s'est métamorphosé en pervers.

Matt regarda son amie qui hocha la tête. Il passa sa main dans sa chevelure épaisse et bouclée. C'est vrai que la différence était frappante, choquante même.

— Quelque chose de bizarre s'est produit en Floride, dit-il. Lucas Capodici est devenu obsédé, et Yannick Perdurin recherchait quelqu'un pour leur venir en aide.

Matt continua à fouiller dans les données informatiques. Il ouvrit les dossiers où étaient rangées les photographies et ils se rendirent compte combien les trois jeunes respiraient la joie de vivre avant leur voyage en Californie. Une photographie attira particulièrement leur attention, celle prise dans la maison d'Amityville où l'on voyait Savannah leur sourire comme pour leur souhaiter la bienvenue.

— Qu'est-ce que c'est que ça, dit Élisabeth surprise par ce cliché.

— On sait, répondit Matt, que nos trois amis sont entrés illégalement dans la maison du Diable pour y prendre des photographies.

— Oui, mais on ne savait pas qu'ils y avaient croisé Savannah, qui à l'époque où a été prise cette photo, était la marionnette d'Amduscias. On dirait que Savannah leur dit bonjour.

— Ouais c'est très curieux, je vais l'imprimer pour en parler avec le groupe. Peut-être qu'on a affaire au même démon que celui que l'on a croisé à Amityville.

— Je ne crois pas, répondit Élisabeth. J'ai l'impression que ce n'est pas à nos trois amis que Savannah dit bonjour, mais à quelqu'un d'autre. Comme si Amduscias salue un compatriote qui se tient derrière les trois jeunes, tu sais, un peu comme des potes d'enfance qui se retrouvent au coin de la rue et qui se sont perdus de vue depuis longtemps.

Matt trouva cette idée incroyable et invraisemblable à la fois. Cela voudrait dire qu'un démon suivait les trois amis bien avant leur escapade à Amityville. Pourquoi avoir attendu autant de temps pour agir ? C'est ce qu'ils devaient découvrir.

Après avoir imprimé l'étrange photographie, ils visionnèrent les vidéos, notamment celles prises par Yannick Perdurin lors de son séjour en Floride. À leur arrivée, les trois amis souriaient, plaisantaient, respiraient la joie de vivre. Ils semblaient heureux et à l'aise dans leurs baskets. On les voyait descendre du bateau de croisière, on les voyait à l'intérieur du musée de Key West. Une vidéo particulièrement bizarre où Lucas Capodici hurle que la poupée Robert a tourné la tête seule capta l'attention de Matt. En revisionnant la vidéo, Matt et Élisabeth constatèrent que la poupée était restée immobile. Lucas avait imaginé toute la scène. Ils en conclurent que le jeune homme était à cran. Ou déjà à cran.

Soudain, une vision assaillit Élisabeth. Elle vit les trois jeunes hommes devant la cage de verre de la poupée Robert. Ils plaisantent à propos du manque de courage de Yannick. La médium assista à toute la scène. Elle vit clairement une ombre noire autour d'eux, qui les guette. Elle semble attendre son heure pour agir. Elle se déplace derrière Lucas et appose une main fantomatique sur la tête du jeune homme. C'est à ce moment précis qu'il se met à hurler que Robert a bougé la tête et que la poupée l'a fixé. Élisabeth sortit de sa torpeur. Matt la regarda.

— Qu'est-ce que tu as vu, demande-t-il.

— Le problème n'est pas la poupée Robert. Je sais pas si cette poupée renferme un démon ou pas, mais le démon qui persécute nos trois lascars n'a rien à voir avec la poupée. Il se trouvait là, derrière eux, les guettait. C'est comme s'il attendait son heure pour agir, comme s'il n'avait pas encore assez de puissance pour vraiment s'attaquer à eux. C'est ce démon qui a provoqué la vision de Lucas Capodici.

— Ce qui veut dire que le démon les suivait et avait jeté son dévolu sur eux avant que les trois amis partent pour la Floride.

— Je pense que le démon s'est attaché à eux parce que justement ils s'intéressaient au surnaturel. N'oublie pas qu'ils sont allés à Amityville et qu'ils ont pris une photographie de Savannah, qui pendant cette période était possédée. Est-ce que ce fait est l'élément déclencheur ? Est-ce que le démon qui possédait Savannah n'a pas appelé un de ses copains pour s'occuper de nos trois amis ? Ce n'est qu'une hypothèse. En revanche, je pense que c'est le démon qui les a poussés à faire un rituel de magie noire pour le libérer.

— Ouais, ça se tient.

Matt mit en route la dernière vidéo prise lors de ces vacances. Avec horreur, ils visionnèrent le déroulement du rituel magique, comment les trois amis avaient invoqué un esprit démoniaque. Élisabeth pouffa de rire.

— Tu vois, nos trois hommes sont des amateurs, ils voulaient simplement s'amuser, même le rituel est un simulacre de rituel.

— Et pourtant, le rituel a fonctionné puisqu'il a libéré un esprit maléfique.

— Non, je ne suis pas de ton avis. Je dirai que le rituel a permis au démon de posséder les trois amis, car avec ce rituel, il a obtenu leur acceptation.

Matt comprit ce qu'Élisabeth tentait d'expliquer et tout se mit facilement en place dans sa tête : les trois amis étaient fans de surnaturel. De ce fait, ils jouaient avec des entités, et donc les attiraient. Un démon s'est attaché à eux, il avait besoin de l'accord de sa victime pour agir. Et en pratiquant la magie, il a obtenu cet accord, l'accord de les posséder, car par le rituel, les trois amis sont devenus esclaves du démon.

****

Pendant ce temps, Dimitri avait pris place au salon de l'hôtel, sur une banquette très confortable. Tout en savourant un cappucino très mousseux et dégustant un croissant au beurre, il essayait de déchiffrer le grimoire et prenait des notes dans un carnet. De temps en temps, il consultait ses propres livres.

Soudain, une illumination ! Dimitri comprit les intentions de Lucas, Yannick et Raphaël. Les trois amis envisageaient de piéger dans une poupée fabriquée à sa ressemblance, l'esprit maléfique de la poupée Robert. Pour cela, ils avaient utilisé un rituel magique. Sauf que le rituel en question n'était pas un rituel de transfert d'esprit, mais un rituel d'appel des esprits. Et en opérant ainsi, avec de telles incantations magiques, ils avaient libéré une puissance démoniaque. Mais laquelle ?

Le démonologue se gratta le menton. Il savait que les trois amis s'étaient rendus à Amityville alors que Savannah s'apprêtait à tuer toute sa famille. Dans cette affaire, les Purificateurs durent se battre contre le démon Amduscias. Il ne pensait pas que dans cette histoire, ce soit le même démon. Il prit son carnet et nota quelques mots : crises de démences — catatonie — se mettent à chanter parfois toute la nuit.

Les trois hommes ont décrit le démon comme un monstre couronné juché sur un cheval. Quel démon correspond à ce portrait et qui, en même temps, aime chanter ? Dimitri consulta son dictionnaire de démonologie occidentale et s'arrêta sur le nom d'un démon : Baalbérith, le démon des serments. Ce démon pousse au meurtre, provoque la rancune et la vengeance. Il adore entonner des chants lyriques et religieux et le fait volontiers dans les cas de possession démoniaque. Il est le maître des serments et des pactes démoniaques. Lorsqu'il se montre, il prend la forme d'un soldat couronné vêtu de rouge, juché sur un cheval de la même couleur. Ce démon était apparu lors de l'affaire des possédées d'Aix-en-Provence en 1612. Dimitri griffonna le nom du démon sur son carnet et l'entoura plusieurs fois. La description collait bien à l'affaire. À côté du nom du démon, il dessina un gros point d'interrogation : pourquoi ce démon ? Pourquoi Baalbérith se serait attaqué à ces jeunes, alors que sa plus grande force consiste à s'immiscer partout, dans les médias, sur la toile et de tenter ses proies par ce biais. Baalbérith opérait beaucoup par ce pouvoir ordinaire donné à tous les démons. Ainsi, il poussait ses victimes à se tourner vers l'ésotérisme afin qu'elles ouvrent une porte qui lui permet d'obtenir leur accord pour les posséder.

Une seconde illumination frappa Dimitri : les trois amis s'intéressaient au surnaturel, ils lisaient beaucoup d'articles sur le sujet, étaient fans de films d'horreur… c'est ainsi que Baalbérith repérait ses futurs jouets humains.

****

Au Vatican, Crystal et Daniel à Paris épluchaient les plans de l'hôpital et partageaient les informations par visioconférence. La jeune femme avait trouvé un dessin complet de la structure de l'hôpital Sainte-Anne qui affichait les moindres recoins du bâtiment, du sous-sol au dernier étage. Elle lista les noms du personnel soignant, avec leurs fonctions, l'heure des rondes, des repas des malades, des soins, du changement d'équipe. L'œil militaire de Daniel repéra certains détails qui pouvaient les aider dans leur mission, comme le nombre de gardiens le jour, la nuit, les rondes, le nombre de visiteurs par jour qui entrait dans l'hôpital pour une consultation ou pour rendre visite à un parent, les portes des bâtiments surveillées la nuit, celles qui ne l'étaient pas, la luminosité de certains bâtiments la nuit… Daniel ne savait pas pourquoi Vincenzo avait commandé de telles recherches, mais comme il était le chef de l'Ordre des Purificateurs, il obéissait à l'ordre qu'il lui avait donné.

Crystal et Daniel se félicitèrent du travail accompli. Ils avaient recueilli beaucoup de données, certaines confidentielles, d'autres très importantes.

— On dirait que nous préparons un cambriolage, dit Crystal en riant.

Daniel esquissa un sourire. Il trouvait la jeune femme tellement pleine de vie, amusante, qu'on ne pouvait que l'apprécier. La première fois qu'il l'avait vu, il s'était demandé pourquoi elle faisait partie de l'Ordre des Purificateurs. Elle avait les cheveux teints, violets et roses, ses robes aux couleurs criardes et aux motifs excentriques rehaussaient ce sentiment d'une femme joyeuse et insouciante, mais pas sérieuse. Vous savez, le genre de fille que l'on aime bien en copine, mais certainement pas en femme. Tête en l'air, bizarre, à côté de la plaque, voilà les mots qui lui sont venus à l'esprit lorsqu'on lui avait présenté la première fois la jeune femme. Mais, cette première impression disparut très vite. Daniel s'aperçut que Crystal était une personne très intelligente, dynamique, perfectionniste, qui cachait ses rondeurs derrière ses vêtements excentriques et son manque de confiance derrière ses énormes bijoux en toc, ses cheveux violets et ses lunettes fantaisistes. Crystal était une femme passionnante et passionnée, que l'on avait envie de connaître, de voir rire, que l'on avait envie de protéger. Elle avait le don pour apaiser les tensions, mettre de la bonne ambiance dans un groupe. Lorsqu'il constatait la vitesse à laquelle elle tapait sur son clavier d'ordinateur avec ses doigts boudinés, provoquant les cliquetis de ses bracelets à chaque mouvement, il ne pouvait s'empêcher de rire. Crystal n'était pas une fille distinguée, mais une fille pleine de vie, pleine de charme. Élisabeth était une femme élégante, raffinée, sûre d'elle. Elle en imposait et il préférait ce genre de femmes. Crystal, bien que d'un physique quelconque, devenait jolie lorsqu'elle souriait. Elle deviendrait belle le jour où elle prendra confiance en elle.

— Je ne sais pas pourquoi Vincenzo nous a demandé de recueillir toutes ces informations, dit Daniel.

— Les voies du chef sont impénétrables, répondit Crystal.

— Oui, le chef ne demande jamais de choses inutiles. Il doit avoir ses raisons que pour l'instant je ne saisis pas.

— Je pense que vous allez devoir entrer dans l'hôpital par effraction de nuit et kidnapper les gamins, les libérer de l'esprit démoniaque, pour ensuite les remettre dans leur chambre.

— Tout un programme ! Cela me semble, cependant, un peu radical.

— C'est que tu ne connais pas encore le chef ! Lui, il est capable de faire un truc comme ça. Et je pense qu'il n'aura pas le choix, puisque le psychiatre des jeunes, le mesquin docteur Masquin, ne le laissera jamais exorciser ses patients.

— Tu sais pourquoi la France est aussi hostile à la religion.

— Hostile ? Le mot est faible ! J'ai eu un mal fou à obtenir un rendez-vous avec l'inspecteur qui s'occupe de notre affaire. Il n'a même pas voulu me parler. Quant au psychiatre, j'ai bataillé un long moment avant d'obtenir un rendez-vous.

Daniel regarda sa montre.

— Bon, je pense que l'on a l'essentiel. Je rejoins les autres pour le bilan. À plus tard.

Crystal fit un signe de la main et coupa la connexion.

****

Vincenzo, Margareth et Carlo étaient déjà attablés lorsque le reste de la troupe arriva. Dimitri remarqua le teint pâle des deux prêtres et de la religieuse.

— À l'évidence, la poupée vous a donné pas mal de fil à retordre, dit-il en souriant.

Vincenzo lui lança un regard noir.

— C'est même pire que cela. Il y a une chose que je ne supporte pas, ce sont les insectes, surtout les asticots qui viennent lorsque la pourriture s'installe. Combattre les démons ce n'est rien à côté de toucher ces vermines qui se nourrissent de chair morte.

Matt ouvrit de grands yeux.

— J'en étais sûr, le cadavre d'une bête se trouvait bien dans la poupée ! C'est pour ça qu'elle puait la mort !

— Le cadavre d'un rat, dit Carlo, voilà ce que l'on a trouvé à l'intérieur de la poupée, et des asticots, de gros vers bien blancs qui se repaissaient des boyaux de cette pauvre bête.

Margareth eut un frisson en repensant à l'odeur dégagée par le corps du rongeur en décomposition et surtout aux asticots qui lui grignotaient les entrailles.

— Vous croyez que ce sont les trois amis qui ont mis le rat à l'intérieur de la poupée, demanda Élisabeth.

— C'est peu probable, dit Vincenzo. S'ils avaient placé un animal dans la poupée, c'était certainement pendant le rituel, l'offrande. Mais, réaliser ce genre de choses est compliqué pour des novices.

— Nous avons trouvé une vidéo, dit Matt en regardant Élisabeth, elle montre les trois amis en train de se filmer devant la poupée Robert alors qu'ils pratiquent un rituel magique. À aucun moment, j'ai vu un rat, mort ou vivant.

— Il ressemblait à quoi ce rituel, demanda Dimitri.

— C'est un rituel de sang, avec des incantations, des bougies noires et un calice en forme de tête de mort. Ce qui m'a surpris dans ce rituel c'est qu'à un moment Raphaël Bison verse le sang contenu dans le calice - je suppose que c'est du sang, en tout cas c'est un liquide rouge - sur la poupée sosie de Robert, qu'il appelle Léon et que ce sang, dans un premier temps, provoque une auréole sombre sur le ventre de Léon qui s'évapore au fur et à mesure, comme si le liquide est aspiré à l'intérieur. J'ai d'ailleurs apporté cette vidéo.

Le génie en informatique ouvrit son PC, appuya sur quelques touches et le donna à Dimitri. Les autres membres des Purificateurs scrutaient ses réactions, mais le visage du démonologue restait impassible. Lorsque la vidéo se termina, il rendit l'ordinateur à Matt. Tout le monde attendit qu'il prenne la parole pour expliquer ce qu'il avait vu. Dimitri, qui aimait jouer avec les nerfs de ses équipiers, se racla la gorge.

— Je pense, dit-il, que vous voulez avoir mon avis sur cette vidéo.

Vincenzo hocha la tête.

— Parlez, dit Margareth qui s'impatientait.

— Alors, on y voit trois jeunes inconscients s'adonner à un rituel de magie noire. D'ailleurs, ils ne maîtrisent rien du tout. Les formules magiques utilisées sont issues du grimoire, ouvrage écrit, à mon avis, par un charlatan pas vraiment doué, car tous les rituels sont, comment dire, enfantins et terriblement faux. Ce qui n'enlève en rien de la dangerosité de ces rituels. D'après ce que j'ai compris, ils avaient l'intention de faire sortir l'entité coincée à l'intérieur de Robert pour l'emprisonner à l'intérieur de Léon. Bien sûr, cela n'a pas fonctionné, et vu le rituel, cela n'aurait jamais pu fonctionner. En revanche, il s'est bien passé un truc étrange lors de ce rituel, une entité se trouvait bien avec eux, et elle a pu se libérer complètement grâce à la petite invocation des forces du mal contenu dans la formule magique. D'ailleurs, dans ce rituel, il n'y a que cette partie qui peut poser un réel problème, puisque cette courte invocation s'adresse directement aux forces du mal.

— J'ai vu une ombre noire se tenir derrière eux avant même qu'ils ne réalisent le rituel, dit Élisabeth, dans une vision. Je pense que ce démon a provoqué une hallucination chez Lucas Capodici. Dans une autre vidéo, on voit Lucas crier que Robert a fait tourner sa tête. Ce n'était qu'une illusion provoquée par le démon. Regardez la vidéo pour vous en rendre compte.

Elle fit signe à Matt, qui pianota sur son PC et qui le tendit à Vincenzo. Dimitri se leva et alla se placer derrière le prêtre-exorciste. Margareth aussi se rapprocha du groupe, tout comme Carlo. Une fois la vidéo finie, Vincenzo soupira.

— C'est bien ce que je pensais, dit-il. Ce démon qui persécute ces trois jeunes s'intéressait à eux bien avant leur voyage en Floride, bien avant qu'ils effectuent ce stupide rituel magique. Il patientait tranquillement et titillait ses proies jusqu'à obtenir sa libération.

— Attendez, dit Matt, cette photo me paraît bizarre et j'aimerais que vous y jetiez un œil.

Il montra la photographie imprimée prise par les trois amis dans la maison d'Amityville.

— Mais, c'est Savannah, s'écria Margareth.

— Ce qui veut dire, dit Carlo, que nos trois jeunes amis ont croisé le démon Amduscias dans la maison. Serait-ce lui qui opère derrière toute cette histoire ?

— J'en doute, répondit Vincenzo. Mais les choses se mettent en ordre, le puzzle se construit petit à petit. Les trois amis, en effectuant un rituel, ont permis au démon qui les suivait depuis longtemps de prendre possession de leur corps. Ce qu'il nous reste à trouver c'est le nom de ce démon.

Dimitri se racla la gorge.

— J'ai noté, dit Dimitri reprenant sa place à table, dans le grimoire, quelques petites choses intéressantes. Je pense savoir à quel démon nous allons devoir nous attaquer. Et je pense savoir pourquoi il s'en est pris à ces trois jeunes insensés.

Vincenzo lui fit signe de continuer. Le démonologue ne se fit pas prier pour continuer ses explications.

— En fait, la poupée Robert a servi de prétexte. Nos trois amis étaient passionnés de surnaturel et regardaient beaucoup de films d'horreur. Toutes ces histoires étranges et paranormales les attiraient au point qu'ils sont entrés clandestinement dans la maison d'Amityville pour se faire peur, pour provoquer une montée d'adrénaline. C'était un jeu, ils ne pensaient pas à mal. Sauf qu'un démon rôdait dans cette maison, un démon qui n'allait pas tarder à révéler toute sa puissance. On connaît la suite de l'histoire. Nos jeunes inconscients ont croisé Savannah dans cette maison, ils ont croisé le démon. Sur la fameuse photographie prise à l'intérieur de la maison, on voit que Savannah leur dit bonjour. C'est le début, le point de départ. Dès lors, ils deviendront comme des aimants à démons, et un en particulier s'est attaché à eux. Seulement, ce démon avait besoin du consentement de ses proies pour pouvoir prendre possession de leur corps. Pour l'obtenir, il les a poussés à se tourner vers la magie, il les a poussés à s'intéresser à Robert, il leur a soufflé l'idée de ce rituel magique de transfert d'entités. Et le tour est joué, en s'adonnant à la magie, nos trois amis ont permis au démon de les posséder.

Vincenzo applaudit ce discours.

— C'est exactement à cela que je pensais ! Et quel démon a pu jouer un tour pareil ?

— Je ne vois qu'un seul démon qui pousse ses proies à devenir obsédé d'ésotérisme, qui se matérialise sous la forme d'un cavalier couronné et qui fait chanter des oraisons à ses victimes. Je pense que c'est Baalbérith que nous allons devoir combattre.

— Très bien, monsieur Marchand, c'est l'élément qui me manquait pour préparer un exorcisme ciblé, personnalisé et rapide, dit Vincenzo.

— Ce qui me fait penser, dit Matt à Vincenzo, que j'ai analysé la vidéo que vous avez prise grâce à la petite caméra dissimulée sur votre monture de lunettes. Elle montre, en effet, c'est très subtil, une ombre noire derrière Lucas.

— Donc, dit Carlo, cela confirme que nos trois hommes sont possédés.

— Le grand problème qui va se poser à nous, dit Dimitri, c'est le fait de pouvoir approcher ces trois gosses pour les libérer. Je pense que leur psychiatre ne nous laissera pas faire.

Margareth émit un petit cri.

— Alors là, n'y comptez pas !

— Nous avons besoin d'un plan pour pouvoir nous infiltrer en toute discrétion dans l'hôpital, dit Vincenzo, et faire sortir les jeunes hommes de leur chambre pour les mettre tout trois dans un endroit calme afin de pouvoir réaliser le rituel d'exorcisme.

— J'ai noté l'existence d'une chapelle à Sainte-Anne, chapelle qui est d'ailleurs peu fréquentée, dit Carlo.

— Alors là c'est mon domaine, s'écria Daniel. Je sais comment entrer dans l'établissement, je sais comment les faire sortir de leur cellule. Mais le timing sera serré.

Carlo se prit la tête dans les mains.

— Non seulement c'est risqué, dit-il, mais c'est aussi complètement dément ! Et puis, comment s'assurer que l'on obtienne leur libération rapidement ?

— Leur libération dépendra du rituel d'exorcisme et de votre foi au Christ mon Père, répondit Vincenzo. En vérité, je vous le dis, nous réussirons. La méthode n'est pas orthodoxe, mais nous devons sauver ces gamins. Et puis, le risque, lorsqu'il est calculé, est quelque chose de vivifiant !

— Alors on le tente !

Les Purificateurs peaufinèrent leur plan une bonne partie de nuit. Ils avaient prévu d'agir la nuit prochaine. Daniel dirigerait les opérations, il donna à chacun les instructions. Avec Carlo et Vincenzo, il s'occupera de faire sortir les trois amis de leur cellule et surtout de les contenir pour ne pas se faire repérer par les infirmiers de garde. Pendant ce temps, les autres attendront dans la petite chapelle de l'hôpital et commenceront à mettre tout en place pour l'exorcisme. Le militaire établit une liste de tout ce dont il aura besoin pour la réussite de cette opération. Le point crucial serait d'entrer dans le bâtiment sans risquer d'enclencher l'alarme, car toutes les portes principales et secondaires étaient reliées à l'alarme centrale. Après, ils pourraient rôder tranquillement à l'intérieur de l'hôpital. Le militaire trouva même ce dispositif de sécurité très sommaire, car l'intérieur de l'hôpital Saint-Anne n'était surveillé par aucune caméra. Un patient pourrait facilement s'évader de sa cellule, errer dans les couloirs ou sortir par la grande porte en journée sans être inquiété. Hôpital hautement sécurisé ? Ho que non ! Ce qui était plutôt triste et révélateur d'une société en perdition lorsque l'on savait que cet hôpital gardait en son sein de dangereux psychopathes.

Flash-back n° 4

Yannick Perdurin se réveilla en sursaut. Il était trempé de sueur. Il se redressa sur son lit et regarda l'heure sur son smartphone : 23 h 40. Cela faisait à peine une demi-heure qu'il s'était couché et le voilà déjà sorti de son sommeil. Dans son rêve, il avait cru entendre un cri perçant, horrible, un hurlement d'angoisse qui avait lacéré le silence de ce début de nuit. Il tendit l'oreille : aucun bruit dans l'appartement. Soudain, un coup sec donné contre le chambranle de la porte de sa chambre le fit sursauter. Il frissonna, fixa la porte. Rien. Il alluma sa lampe de chevet. Il secoua la tête.

— Il y a rien crétin, tout ça ça s'passe dans ton crâne !

Il essaya de se convaincre que tous les bruits qu'il entendait la nuit, toutes les ombres noires qui se matérialisaient devant lui n'étaient que des illusions créées par son cerveau fatigué. Il était trop sous tension ces derniers temps. Cauchemars, insomnies, impression d'être surveillé… son lot quotidien depuis qu'il était de retour de Floride.

D'ailleurs depuis qu'ils avaient réalisé ce rituel devant la poupée Robert, plus rien n'était comme avant. Lucas, celui que l'on surnommait monsieur bonne humeur, le boute-en-train de service, ne sortait quasiment plus de sa chambre. Il visionnait des vidéos pornographiques à longueur de temps, et lorsque Yannick essayait de lui parler, le petit bonhomme jadis toujours joyeux se mettait en colère pour des broutilles. C'était comme si son ami était constamment sur le qui-vive et qu'une fureur sourde avait élu domicile à l'intérieur de lui et qui attendait qu'une petite étincelle pour jaillir. Raphaël n'était pas en reste. Il ne quittait plus Léon, il dormait avec Léon, prenait sa douche avec Léon, mangeait avec Léon, regardait des séries violentes en boucle avec Léon… il emmenait même son nouveau compagnon aux toilettes ! Raphaël n'avait pas lâché la poupée depuis plusieurs jours. Pire, cette poupée semblait l'obséder au point que si quelqu'un s'en approchait, il devenait fou de rage. Raphaël était devenu distant, renfrogné. Parfois, il fixait quelque chose pendant des heures, sans bouger. Parfois, il criait pendant son sommeil. Parfois, son visage changeait, un masque de haine le recouvrait. Yannick eut plusieurs fois peur de son ami.

Peut-être une semaine après leur retour de vacances, Yannick, qui pensait déjà que quelque chose d'étrange se passait, qu'une force invisible voulait les détruire, avait tenté de discuter avec Raphaël. Il avait essayé de le convaincre de se débarrasser de la poupée, de la neutraliser par un rituel de désenvoûtement trouvé sur un site wiccan. Raphaël était entré dans une rage folle, criant que personne ne devait s'approcher de Léon. Ce fut la première fois où Yannick vit le visage de son ami se transformer, prendre l'apparence d'une chose malveillante et monstrueuse. Tous les traits de sa figure se crispèrent, ses yeux devinrent noirs, un rictus de haine s'étira sur ses lèvres. Yannick eut très peur. Il essaya de calmer Raphaël qui, tout à coup, tomba à terre et se recroquevilla sur lui. Il sombra dans une crise de catatonie qui dura à peu près une heure. Mais pas une vraie crise de catatonie au sens que la définit la psychiatrie, car Raphaël, assis par terre, les muscles tendus, paralysé dans une position inconfortable, se mit à chanter, un chant bizarre, moyenâgeux. Seules ses lèvres bougeaient, le reste de son corps était figé, immobile.

Affolé, Yannick appela Lucas qui arriva en trombe et qui constata l'état de Raphaël. Lucas, qui ne trouva rien d'autre à faire, proposa de filmer Raphaël afin de montrer la vidéo à un spécialiste. Yannick avait haussé les épaules. Et c'est ainsi qu'ils immortalisèrent leur ami en train de vocaliser des chants de messe dans une position figée, les yeux révulsés, les muscles tendus à l'extrême. À plusieurs reprises, ses deux amis avaient tenté de le faire sortir de sa crise. Sans résultat. Lucas avait pincé Raphaël à plusieurs fois, l'avait piqué avec un clou. Raphaël était resté immobile et continuait de chanter. Lorsqu'il revint à lui, il ne se souvenait plus de rien. Et lorsque Yannick lui montra la vidéo, il s'affola.

— On doit vraiment faire quelque chose, avait-il dit. Tu crois que la crise que j'ai faite dans le musée m'a grillé les neurones ?

Yannick n'en avait pas la moindre idée, mais ce fut peut-être le dernier moment de lucidité de Raphaël.

Le pire c'est qu'en visionnant la vidéo plusieurs fois, Yannick remarqua deux choses insensées. La première chose était le chant. Cela ressemblait à un chant grégorien très ancien. Le plus invraisemblable c'est que l'on pouvait entendre une flûte de Pan qui accompagnait ce chant. Yannick n'avait pas su dire si c'était Raphaël qui faisait sortir ce son de sa bouche ou s'il provenait d'à côté de lui, joué par une entité invisible. En tout cas, il reconnut la langue du chant liturgique, le latin, mais était incapable de traduire les paroles. Un linguiste pourrait l'aider, mais il n'en avait pas sous la main. Tout ce qu'il comprit, c'est que ce chant relatait une bataille entre Dieu et Satan. La deuxième chose insensée concernait Raphaël lui-même : Yannick avait noté qu'à plusieurs moments, sur la vidéo, l'ombre de Raphaël projetée sur le mur s'était transformée en celle d'un homme couronné juché sur un cheval. Lorsqu'il en avait parlé avec Lucas, ce dernier lui avait répondu que cela n'existait que dans son imagination parce que lui ne voyait rien sur la vidéo et avait décrété que Raphaël était simplement fatigué et qu'il avait besoin d'un médecin.

Yannick ne savait plus quoi penser de tout cela. Devenait-il fou comme lui avait suggéré Lucas à plusieurs reprises ? Ou le rituel avait-il vraiment réveillé une force occulte qui s'attaquait à eux ? Avaient-ils ouvert une porte sur l'enfer ? En tout cas, et cela il en était sûr, ses amis avaient changé. Il ne les reconnaissait plus. Cette soudaine frénésie pour la pornographie de Lucas était nouvelle. Ces soudaines crises de catatonie chantante de Raphaël étaient nouvelles aussi. Yannick sentait que c'était Léon qui provoquait tout cela, ou plutôt l'esprit démoniaque qui avait élu domicile dans Léon. Ils avaient ramené le Diable de Floride, l'avaient fait voyager dans leurs bagages jusque dans leur appartement.

Encore une fois, assailli par toutes ces pensées, Yannick savait qu'il ne trouverait plus le sommeil. Il décida de se lever, emportant avec lui son ordinateur portable. Il sortit de sa chambre. Le couloir était plongé dans la pénombre. Il entendit un grattement, léger, quasiment imperceptible. Il tendit l'oreille. Plus rien. Il alla à la cuisine, prit une bière. L'alcool calmait son angoisse. Il était fatigué, épuisé de ne pas dormir. Plusieurs fois, il avait songé à prendre une substance plus forte pour arriver à dormir, sans jamais passer le pas. Cette idée lui trottait dans la tête, s'insinuait en lui de plus en plus souvent, devenant presque une obsession. Pour le moment, il y résistait, mais pour combien de temps encore ? Allait-il devenir un esclave de la drogue comme Lucas était devenu esclave des vidéos pornographiques ? Il espérait que non.

Ordinateur et bière à la main, il se dirigea au salon et actionna l'interrupteur. La lampe nue au plafond diffusa une lumière timide et blafarde. Il alluma l'halogène. Une forte lumière blanche éclaira la pièce. La clarté le rassurait, la pénombre le terrifiait. La nuit pouvait cacher des ombres qui voulaient lui sauter dessus.

Il s'assit sur le canapé, ouvrit son PC. La photographie de son écran d'accueil lui fit venir les larmes aux yeux. Prise le jour de la remise des diplômes, elle montrait les trois amis souriant à pleines dents, pleins de joie, fiers d'avoir réussi leurs études, confiants pour l'avenir, des amis soudés. Aujourd'hui, tout a changé. Comment ont-ils pu en arriver là à se morfondre chacun dans leur chambre ? À passer des jours entiers sans se parler ? À se disputer dès qu'ils s'adressaient la parole ?

Yannick se redressa. Nouveau bruit d'un frottement dans le mur. Il semblait provenir du faux plafond. Le jeune homme écouta attentivement. Ce bruit ressemblait à celui d'une souris coincée dans un mur et qui grattait le faux plafond dans l'espoir de trouver une issue. Peut-être un rat ? Paris est une ville infestée de rongeurs et il est assez fréquent que ces petits bestiaux se cachent dans les appartements. Ils y trouveraient chaleur et nourriture.

— Il ne manquerait plus que cela, des rats ! Je déteste les rats !

Espèce d'idiot, avec tous les chats que le voisin garde chez lui, aucun rat n'oserait s'aventurer dans l'immeuble !

Le bruit de grattement s'intensifia. Maintenant, c'était comme si plusieurs rats grattaient les murs et le plafond et essayaient d'entrer dans le logement. Yannick frissonna. Le bruit devint si fort qu'il se boucha les oreilles pour ne plus les entendre. Il se recroquevilla sur le canapé et scruta la pièce. Il espérait qu'aucun animal ne sorte des murs. Tous les murs de l'appartement semblaient infestés de rongeurs. La lumière projetée par l'ampoule nue du plafond vacilla plusieurs fois. Yannick regarda dans cette direction. À tout moment, il s'apprêtait à voir surgir du plafond un rat. Soudain, l'ampoule explosa. Yannick sursauta et se leva. Au même moment, l'halogène trembla à son tour. Yannick sentit un souffle d'air froid derrière lui. Il se retourna. Rien. La lampe à halogène explosa et le jeune homme se retrouva plongé dans le noir. Il voulut crier, mais fut incapable de sortir un seul son de sa gorge tellement il était terrorisé. Là, devant la porte du salon, se tenait un homme au visage monstrueux, aux pupilles rouges, à la tête couronnée, qui le regardait, un rictus carnassier sur ses lèvres. Autour de lui, sur lui, grouillaient des centaines de gros rats. Une vision cauchemardesque ! L'homme était immobile tandis que les rongeurs couraient dans tous les sens. Ses orbites rouges, grands gouffres de désolation, le scrutaient. Yannick ferma les yeux, espérant ainsi faire disparaître cette vision terrifiante. Lorsqu'il les ouvrit, le monstre aux rats ne s'était pas évaporé comme cela se passait souvent dans les films d'épouvante. Pire, il tenait maintenant dans sa main décharnée un affreux nuisible gris qu'il déchiquetait à l'aide de ses longues dents pointues en faisant éclabousser du sang partout. Yannick le regardait avec horreur. Il renfloua avec peine une terrible envie de vomir. Les rats commençaient à s'approcher de lui. Cette vision d'horreur sonna comme une alarme dans le cerveau de Yannick. Son instinct de survie lui susurrait de fuir. Par où ? Le monstre se tenait devant l'unique porte du salon. L'unique porte de sortie. Par la fenêtre ? L'appartement se trouvait au troisième étage. Sauter c'était prendre le risque de se rompre une jambe ou de se fracasser la tête. *Cette solution valait peut-être mieux que d'être dévoré vivant par des rats. Ou par ce monstre aux dents comme des lames de rasoir.*

Il se précipita vers la double-fenêtre et voulut l'ouvrir, mais elle était coincée. Derrière lui, l'homme se mit à ricaner. Il se retourna, chercha un objet assez costaud pour casser la fenêtre, s'empara d'une bouteille en verre de bière et la jeta contre la vitre. Sans succès. Le verre explosa en mille morceaux, la vitre resta intacte. Il commença à pleurer, prit une autre bouteille, la lança, encore une fois sans succès. La bête rigolait toujours derrière lui. Il entendait les rats se rapprocher dangereusement de lui.

— Tu ne peux pas me fuir, dit-elle, tu es à moi maintenant.

Et elle se mit à ricaner, un rire guttural, effrayant. Yannick comprit toute l'horreur de la situation. Il comprit qu'il ne pouvait pas lui échapper. Il se jeta sur le canapé, se camoufla sous la couverture et attendit. C'était le seul moyen qu'il avait trouvé pour que les rats ne puissent pas le toucher. Il les sentit se promener sur son corps, chercher un endroit pour le mordre, il entendit couiner, piauler, sentit leurs griffes sur son dos, ses bras, ses jambes. Elles lui rentraient dans la peau. Il s'efforça de ne pas bouger, pleurant, gémissant, priant pour que cela s'arrête. Une voix s'éleva de nulle part entonnant un chant liturgique. Une voix claire, limpide, presque féminine. Il pria de plus belle, se rappelant son catéchisme. Son cœur battait la chamade. Puis, tout s'arrêta. Il ne sentit plus les rongeurs sur lui, n'entendit plus le chant religieux. Sous sa couverture, il perçut une lumière, comme si l'halogène s'était remis à fonctionner. Il se risqua un regard. Non seulement l'halogène et l'ampoule au plafond fonctionnaient, mais le monstre ainsi que les rats avaient disparu. Il ressentit un sentiment de soulagement mêlé à de la peur. Devenait-il vraiment fou ? A-t-il eu une hallucination ? Il essaya de se convaincre que tout cela ne s'était passé que dans sa tête. Il regarda près de la fenêtre. Aucune trace des bouteilles de bière brisées. Il avait rêvé tout cela. Cela ne le rassura pas de savoir cela, car il était bon pour l'asile psychiatre.

Recroquevillé sur lui-même, à l'abri de sa couverture, il s'efforça de remettre de l'ordre dans ses idées.

— Le monstre n'était pas réel, ni les rats, ni les bruits… Mais toutes ces visions semblaient tellement réelles ! Et si cela ne l'était pas, comment expliquer les crises de Raphaël ? Je deviens pas fou, quelque chose de surnaturel se passe ici. Ce truc qu'on a rapporté de Floride va nous tuer. Je dois convaincre les autres d'agir contre ce monstre qui veut notre mort. Comment ? Ils écoutent rien ! Ils sont sous l'emprise de cette chose. Je dois trouver une astuce pour arriver à les faire sortir de l'appartement. Hors de l'appartement, on sera hors de portée de la poupée. Ouais, il faut que l'on sorte, qu'on prenne l'air, qu'on voie des gens, qu'on revienne dans la vie réelle. Demain, on fera comme ça.

Yannick pensa que c'était la meilleure chose à faire, fuir l'appartement afin de discuter et convaincre ses amis de brûler Léon. Mais ce qu'il ne savait pas, c'est que Baalbérith se tenait derrière lui et lui soufflait toutes ces idées.

Et c'est ainsi qu'il passa le reste de la nuit, à réfléchir. Le lendemain matin, ce fut Lucas qui le sortit de sa torpeur.

Retour au présent

Matt Bohé rejoignit son équipe sur le parking de l'hôtel. Il était le dernier à grimper à bord du Peugeot Traveller loué par Daniel. La voiture démarra. Deux heures du matin. Ils étaient à l'heure. Vincenzo profita du trajet jusqu'à l'hôpital Sainte-Anne pour faire un petit récapitulatif du plan.

— Est-ce que tout le monde sait ce qu'il doit faire ?

Tous hochèrent la tête.

— Monsieur Bohé, continua Vincenzo, vous avez bien pris les caméras.

Matt acquiesça.

— J'ai même remonté la caméra miniature sur vos lunettes chef !

— C'est important que tout soit filmé, au cas où on se ferait prendre. Monsieur Zio, vous avez le plan du bâtiment ?

— Dans ma tête patron, répondit Daniel. J'ai une très bonne mémoire visuelle.

— Récapitulons : nous entrons tous dans l'hôpital par l'aile est du bâtiment, par la porte qui donne dans la grande réserve, c'est la plus facile d'accès et la moins surveillée. Les vigiles n'y font pas de rondes. Monsieur Bohé va désactiver les caméras de surveillance et les alarmes. Ensuite, nous nous séparons, mademoiselle Ivodric, monsieur Bohé, monsieur Marchand et sœur Margareth, vous allez à la petite chapelle et vous nous attendez. Vous préparez un autel, et tout le nécessaire pour notre travail. Pendant ce temps, monsieur Zio, Père Rinaldi et moi-même, nous irons à l'unité pour malades difficiles où nous kidnapperons nos trois amis. Le secteur où ils sont placés est très protégé et surveillé.

— Tout est calculé, interrompit Daniel, pour que nous réussissions à faire sortir nos trois amis. C'est surveillé, mais tant que cela, j'ai noté quelques failles dans la sécurité du bâtiment. Trop de failles pour un hôpital qui regorge de psychopathes.

— Ensuite, continua Vincenzo, nous n'aurons pas beaucoup de temps pour réaliser l'exorcisme. Avant notre départ, j'ai demandé un moment de prière pour notre protection. Cela va être un rude combat. Cependant, et si monsieur Marchand a vu juste, j'ai dans l'intention de faire appel à vieil ami pour qu'il nous vienne en aide.

Personne ne sut dans la voiture qui était ce vieil ami à qui le prêtre faisait référence. Inutile de lui poser la question, lui seul connaissait la procédure pour effectuer un exorcisme puissant et ciblé et obtenir une délivrance rapide. Cela était tout l'enjeu de cette sortie nocturne.

— Comment va-t-on prouver que nos trois amis sont innocents dans cette histoire, demanda Dimitri.

— Nous ne prouverons rien, car nous agissons sans l'accord de la justice. Si monsieur Masquin avait voulu nous donner un coup de main, peut-être aurait-il pu intervenir dans ce procès. Mais ce n'est pas le cas et nous devons faire sans lui. Rappelez-vous que nous sommes en France et qu'ici, les cathos, car c'est par ce sobriquet à connotation très négative qu'ils sont nommés, sont très mal vus. J'espère simplement qu'ils seront acquittés, mais j'en doute. La justice n'admet pas le surnaturel dans ses lois.

Le Traveller se gara à cinq cents mètres de Sainte-Anne, au niveau d'une ruelle peu fréquentée. Les Purificateurs descendirent de la voiture. L'air était plus respirable que dans la journée, mais il faisait quand même relativement chaud. Tous étaient habillés en noir, pantalons et t-shirt amples, rangers. Daniel s'équipa de son fusil hypodermique, ainsi que d'une sarbacane, de fléchettes anesthésiantes et d'une mallette en métal. Vincenzo prit de l'eau bénite, une fiole de sel bénit, un crucifix en bois et remit sa mallette d'exorciste à Margareth. Carlo fit de même. Matt se chargea de l'ordinateur et des caméras.

Ils arrivèrent à l'arrière de l'hôpital par un petit chemin boisé et très sombre. Ce qui les arrangeait. Daniel fit signe à Matt qui ouvrit son ordinateur. Il repéra les différentes caméras et les arrêta un moment. Très vite, il substitua une vidéo, celle des dernières minutes des images. Elles devaient tourner en boucle et ainsi donner l'impression que tout allait bien. Ou plutôt, que rien d'anormal ne se produisait. Il fit signe à Daniel que tout était en place.

Daniel ouvrit à son tour sa mallette et sortit un pan grisâtre qui ressemblait à de la pâte à modeler. Il en coupa un bout, le malaxa un instant entre ses doigts avant de le poser sur le verrou de la porte en acier. La substance grisâtre colla à la porte. Daniel ouvrit une fiole. Elle contenait un liquide jaune. Il fit signe aux autres de s'éloigner. Il s'équipa de lunettes de protection et versa un peu de liquide sur la pâte. Une fumée blanche se dégagea du mélange. L'acier fondait. Le verrou sauta.

— La chimie c'est trop fort, s'extasia le militaire.

Les membres de l'Ordre des Purificateurs pénétrèrent dans le bâtiment. C'est là que leur chemin se séparait. Matt, Dimitri, Margareth et Élisabeth se dirigèrent vers une porte dérobée qui menait à une cour intérieure, cour qui conduisait à la petite chapelle de l'établissement. À cette heure-ci, cet endroit de l'hôpital était désert et ils n'eurent aucun mal à rejoindre la chapelle.

Pour Vincenzo, Carlo et Daniel, ce fut une autre histoire. Ils prirent l'escalier de secours, arrivèrent au deuxième étage qu'ils durent traverser sans se faire voir de l'infirmier de garde. Les trois jeunes se trouvaient au pavillon de l'aile ouest, un pavillon de haute-sécurité. Cela ne leur facilitait pas la tâche. Matt avait désactivé toutes les caméras de surveillance et tous les capteurs de mouvement. À l'aile est, le pavillon où étaient internés les schizophrènes, ils passèrent devant le bocal en verre où l'infirmier de garde jouait au solitaire sur son ordinateur. Tout doucement, Daniel ouvrit la porte, et avec sa sarbacane, envoya une fléchette. Celle-ci atteignit le cou de l'infirmier, juste en dessous de la nuque. Ce dernier sentit une piqûre, porta sa main à l'endroit de la douleur, tâta la fléchette et s'endormit.

— Un de moins, dit Daniel.

Il entra dans le bocal, récupéra la fléchette et ressortit. Il fit signe à ses deux compagnons que tout était OK et qu'ils pouvaient poursuivre la mission.

À l'aile ouest, deux infirmiers s'occupaient du secteur. Daniel les imagina discutant ensemble pour tuer le temps. En effet, tous deux palabraient tranquillement en mangeant un plat préparé dans la pièce aux murs décrépis qui leur servait de salle de travail. Ici, l'ameublement était spartiate, deux écrans pour la vidéosurveillance, deux bureaux, deux ordinateurs, plusieurs armoires en fer et de nombreux objets médicaux posés sur les étagères, stéthoscopes, tensiomètres, camisoles, masques, gants, désinfectants, pansements... Daniel se tourna vers Vincenzo et Carlo et leur fit signe d'aller se cacher un peu plus loin dans le couloir. Le militaire regarda sa montre : la première ronde n'allait pas tarder. Cinq minutes plus tard, l'un des infirmiers sortit du bureau et s'engouffra dans le long couloir. Il devait agir vite. Daniel entra dans le bureau et tira une fléchette. Le premier infirmier tomba dans les bras de morphée. En courant, il sortit du bureau tout en armant sa sarbacane. Le but était de toucher le deuxième infirmier au moment où il ouvrait la grille qui menait aux chambres des malades les plus dangereux.

Pendant ce temps, Vincenzo entra dans le bureau et récupéra la fléchette.

Tel un félin, Daniel suivit sa proie, évitant de faire du bruit. L'infirmier sifflotait tout en faisant sa ronde. Il commença par l'inspection de la première unité, celle des psychopathes, regarda à l'intérieur des cellules à l'aide de la petite fenêtre posée sur chaque porte. Daniel l'attendit au niveau de la deuxième unité et se plaça dans un recoin. L'infirmier arriva toujours en sifflotant, pianota quatre chiffres sur le boîtier électrique apposé contre le mur. La grande grille métallique se leva. C'est à cet instant que Daniel envoya une fléchette anesthésiante qui toucha l'infirmier au niveau du cou. Quelques secondes plus tard, l'homme s'écroula à terre. Le bruit de son crâne lorsqu'elle percuta violemment le carrelage retentit dans tout le couloir. Daniel grimaça. Il se précipita sur lui, récupéra la fléchette et tira l'infirmier jusque dans le bureau où, avec l'aide de Carlo, il le plaça sur une chaise.

— Celui là, dit Daniel, quand il va se réveiller, il aura un peu mal à la tête.

Vincenzo, Carlo et Daniel s'engouffrèrent dans le couloir où étaient enfermés les patients les plus dangereux. Vincenzo et Carlo savaient dans quelle chambre se trouvait Lucas, mais pour les deux autres, ils n'en avaient aucune idée. Vincenzo regarda à l'intérieur de la première cellule à l'aide de la petite lucarne. Ce n'était ni Yannick ni Raphaël. Il jeta un œil à l'intérieur de la deuxième cellule. Un homme assis sur son lit se balançait de droite à gauche, une écume blanchâtre pendait à ses lèvres. Vincenzo sut d'instinct que ce malade était en fait possédé. Il l'appela. L'homme le regarda avec curiosité et méfiance. Vincenzo murmura une prière et le possédé s'effondra sur son lit. L'exorciste chassa un petit démon, d'un ordre inférieur comme disent les démonologues, et donc faciles à combattre pour un exorciste de la trempe de Vincenzo.

Enfin, ils localisèrent la cellule de Raphaël. Vincenzo ne fut pas surpris de le trouver assis sur son lit, les yeux grands ouverts, fixant la porte, comme s'il les attendait. Daniel, qui avait emprunté les clés dans la poche de la blouse du deuxième infirmier qui faisait sa ronde, n'eut aucun mal à ouvrir la porte.

— Vous voici enfin, dit Raphaël. J'ai failli m'impatienter.

Sa voix était anormalement rauque, son visage figé dans un masque de haine. Il faisait terriblement froid dans la cellule et une odeur pestilentielle y régnait.

— Comme je suis content de faire votre connaissance, dit Raphaël. Depuis que vous avez renvoyé en enfer mon cher ami Amduscias, vous passez pour des terreurs au royaume infernal. Surtout toi, père Onoffrio.

Une vraie terreur !

Vincenzo sortit la fiole d'eau bénite et aspergea le démon.

— Tais-toi démon ! Je t'ordonne de te taire !

Il fit signe à Daniel qui tira, de son fusil, une fléchette anesthésiante. Ces fléchettes, contrairement à celles de l'arbalète, étaient beaucoup moins dosées en produits soporifiques. Raphaël s'écroula sur son lit, terrassé par le sommeil.

— Nous avons dix minutes pour le ramener à la chapelle, dit Vincenzo, dépêchons-nous.

Ils trouvèrent Yannick et l'endormirent aussi, puis Lucas. Les trois Purificateurs s'emparèrent de fauteuils roulants et y installèrent les trois amis. Le transport des trois hommes sera ainsi plus facile. Le plus dur sera de ne pas se faire repérer par un des gardiens de l'hôpital. Daniel regarda sa montre. La prochaine ronde devait débuter dans une demi-heure. C'est large pour arriver jusqu'à la chapelle.

Avec les fauteuils roulants, l'utilisation des escaliers était impossible. Ils repassèrent devant le bureau des infirmiers. Daniel y jeta un coup d'œil. Les deux hommes en blouse blanche dormaient toujours. L'un même ronflait à pleine gorge. Il fit signe à Vincenzo et Carlo de le suivre et se dirigea vers l'ascenseur réservé au personnel de l'hôpital. Il sortit le badge dérobé à l'infirmier qui effectuait sa ronde et actionna le bouton d'appel. Ce dernier, poussif, s'arrêta à leur étage et les portes s'ouvrirent. Ils s'engouffrèrent à l'intérieur. Daniel appuya sur la touche du premier sous-sol.

— Là, nous devons faire vite pour ne pas tomber sur un garde. On va arriver au niveau du parking, nous le traverserons en courant pour atteindre la porte située la plus au fond du parking, celle qui donne sur le petit parc et donc sur la chapelle.

Les deux prêtres hochèrent la tête.

L'ascenseur s'arrêta et les portes s'ouvrirent lentement, trop lentement au goût de Vincenzo qui avait hâte de se mettre en sécurité dans la chapelle. Daniel fit signe que la voie était libre et les trois hommes, poussant les fauteuils roulants, s'élancèrent sur le parking désert à cette heure-ci de la nuit. Mais un médecin de garde appelé en urgence ou qui rentrait chez lui pouvait faire irruption à tout moment. Heureusement, ils ne croisèrent personne. Très vite, ils atteignirent la porte donnant sur le parc et s'y engouffrèrent. Ils coururent encore et arrivèrent à la chapelle où les autres membres de l'Ordre des Purificateurs les attendaient. Vincenzo fut agréablement surpris de constater que l'autel improvisé était prêt. Il fit disposer les trois fauteuils roulants autour de l'autel. Yannick, Raphaël et Lucas dormaient toujours.

— Dépêchons-nous, dit Vincenzo, ils ne vont pas tarder à se réveiller. Mettons-nous en cercle derrière eux et commençons à prier.

Le prêtre-exorciste enfila sa toge blanche au-dessus de ses vêtements, prit son étole violette, la baisa et la passa autour de ses épaules. Carlo mit aussi sa toge blanche. Pendant ce temps, Daniel verrouilla les portes de la chapelle. Vincenzo le regarda et lui adressa un signe de la tête. Daniel lui répondit en lui adressant un pouce levé. Vincenzo se sentit rassuré, le militaire avait retrouvé du poil de la bête et semblait s'être débarrassé de sa peur. Matt, Margareth et Élisabeth attachèrent avec des sangles et de la corde les trois amis sur leur fauteuil respectif.

Tous se mirent en cercle derrière les trois jeunes amis. Se donnant la main, ils commencèrent par entonner le Notre Père, suivi du Je vous Salue Marie, puis du Gloire à Dieu. Dimitri alluma les cierges blancs pendant que Vincenzo se saisit de la fiole d'eau bénite. Déjà, Raphaël se réveillait. Lorsqu'il ouvrit les yeux, dans un premier temps, très lucide, il ne comprit pas pourquoi on l'avait attaché à un fauteuil, immobilisé. Dimitri crut voir de la peur dans son regard, sentiment qui disparut presque aussi vite qu'il était apparu et qui se métamorphosa en haine. Son regard devint noir dès qu'il aperçut le crucifix qui lui faisait face sur l'autel.

— Relâchez-moi, bande de bâtard, vous allez le regretter !

— Tais-toi, cria Vincenzo en l'aspergeant d'eau bénite.

Raphaël se tordit de douleur, hurla, se contorsionna. De la fumée s'échappa de son corps aux endroits où l'eau consacrée l'avait touché.

— Ça brûle ! Ça brûle ! Enlevez-moi ça ! Je brûle !

Yannick Perdurin et Lucas Capodici se réveillèrent à leur tour. D'abord encore à moitié endormis, ils ne comprirent pas de suite où ils étaient. Mais lorsqu'ils se rendirent compte que les Purificateurs les avaient sanglés à un fauteuil roulant et qu'ils se trouvaient à l'intérieur une chapelle, l'effroi les saisit. Yannick se mit à pleurer et à supplier.

— Ne me faites pas de mal, dit-il, je regrette tout ce qu'on a fait ! Je demande pardon !

Élisabeth s'accroupit devant lui et lui prit la main.

— Ne vous inquiétez pas, nous sommes là pour vous aider. Nous ne vous voulons aucun mal, faites-nous confiance.

— Alors pourquoi nous avoir attachés ? Qu'est-ce que vous voulez ?

— Nous allons procéder à un exorcisme. Bientôt vous serez délivré.

Soudain, Lucas se mit à hurler.

— Détachez-moi ! La Bête veut me dévorer ! Détachez-moi, je vous en supplie.

Il fixait un point devant lui. Il tremblait. Il reculait son torse comme si quelque chose allait sauter sur lui. S'il avait pu trouver un petit trou, il s'y serait caché pour fuir la chose invisible qui le menaçait. Dimitri se plaça devant lui et posa les mains sur ses épaules.

— Que voyez-vous ?

— Une bête au visage rouge avec une couronne sur la tête ! Il est là, sur son cheval ! Il chante ! Vous ne l'entendez pas ?

— Ta gueule espèce de bâtard, cria Raphaël d'une voix d'outre-tombe.

Dimitri regarda Vincenzo et hocha la tête. Alors le prêtre se positionna devant Raphaël et lui fit face.

— Oh esprit immonde qui se cache dans le corps de son innocent, je connais ton nom.

Raphaël tira la langue d'une façon obscène.

— Vas-y prêtre dis le, dis mon nom. Mais si tu te trompes, tu devras me lécher la queue.

— Ton nom est Baalbérith ! Démon des serments et du blasphème ! Devant toi, j'invoque saint Ambroise pour qu'il te chasse !

Raphaël hurla, un cri terrible, un cri de détresse horrible. Vincenzo apposa ses mains sur la tête du possédé. Le jeune homme eut un vif mouvement de recul, mais ne put échapper à ce contact. Ses yeux se révulsèrent et il se mit à chanter. Le prêtre fit signe de commencer le rituel. Tous ensemble, ils récitèrent l'Évangile selon saint Jean (1 : 1 -14). Raphaël hurlait, se contorsionnait.

— Je vais venir chez toi la nuit, prêtre ! Je vais me glisser dans ton lit et te frapper !

Mais personne ne l'écoutait. Vincenzo regarda Lucas. Ses yeux étaient révulsés, sa tête renversée en avant, de l'écume blanche s'échappait de ses lèvres. Il fit signe à Carlo de s'en occuper. Ce dernier releva la tête du jeune homme et posa ses mains sur son crâne. Lucas tremblait, était pris de convulsions. Yannick était plutôt calme, il regardait horrifié ce qu'il se passait autour de lui. Dimitri lui glissa un crucifix dans la main et lui demanda de prier avec eux. Le jeune homme hocha la tête et serra le crucifix. Visiblement, c'était le moins atteint des trois. Encore une fois, le psychiatre, le docteur Masquin, s'était trompé au sujet de ses patients. Vincenzo continua le rituel.

— Je te donne l'ordre, par Jésus-Christ notre Seigneur, à toi, Baalbérith, esprit immonde, et à tous tes compères présents dans ces serviteurs de Dieu, afin que, suivant les mystères de l'Incarnation, de la Passion, de la Résurrection et de l'Ascension de notre Seigneur Jésus-Christ, par la mission de l'Esprit-Saint, par le retour de notre Seigneur pour le jugement de sortir du corps de ces serviteurs de Dieu et de te rendre à Golgotha au pied de la Croix afin d'y recevoir ton jugement.

Il se signa et dessina dans les airs le signe de croix sur Raphaël avant de l'asperger d'eau bénite. Carlo fit de même avec Lucas et Margareth avec Yannick. Raphaël hurla des obscénités.

— Bande de fils de putes, vous irez tous brûler en enfer !

— C'est toi qui vas brûler en enfer, cria Vincenzo en l'aspergeant une nouvelle fois d'eau bénite. Je t'ordonne, esprit impur, de sortir du corps de ce servant de Dieu. Je t'ordonne, esprit plus qu'immonde, chaque irruption de l'ennemi, chaque fantasme, chaque légion diabolique, au nom de notre Seigneur Jésus-Christ, de t'arracher et de fuir de cette créature de Dieu. Dieu en personne te l'ordonne, lui qui t'a ordonné de tomber des hauteurs célestes jusqu'aux endroits les plus bas de la terre.

Raphaël se mit à pleurer.

— Ayez pitié, mon père ! J'ai mal, je souffre ! Ayez pitié ! Ce n'est pas moi qui suis venu de mon propre chef, ce sont eux qui m'ont appelé. Et maintenant, je trouve injuste de vouloir m'en faire partir !

Vincenzo regarda Carlo et lui fit signe qu'ils devaient se dépêcher. Le démon montrait des signes de faiblesse, mais cela pouvait être aussi une ruse de sa part. Il réclama le sel exorcisé et en saupoudra tout autour du fauteuil de Raphaël, formant ainsi un cercle fermé.

— Qu'est-ce que tu fais prêtre, demanda Raphaël.

Le démon ne semblait pas rassuré. Vincenzo confia le pot à sel à Carlo qui à son tour en répandit autour du fauteuil de Lucas. Margareth fit de même autour de Yannick. Lucas se mit à son tour à pleurer.

— Ne faites pas ça, je vous en supplie ! Il veut pas qu'on fasse ça !

— Ça va aller, le rassura Carlo. Faites-nous confiance.

Vincenzo versa de l'huile exorcisée sur le sel tout autour de Raphaël qui le suivait du regard.

— Qu'est-ce que tu fais ? Arrête ça tout de suite !

— Ça va te faire beaucoup de bien, tu verras, répondit Vincenzo.

Il donna la fiole à Carlo qui fit de même autour de Lucas, puis à Margareth. Du sel et de l'huile exorcisés entouraient à présent les trois fauteuils roulants. Vincenzo se plaça devant les trois jeunes hommes et fit signe aux membres des Purificateurs de former un cercle autour d'eux. Il regarda chacun d'entre eux.

— Ce que nous allons réaliser est dangereux. Je demande à chacun d'entre vous de rester vigilants.

— Il veut nous tuer, cria Raphaël, c'est un meurtrier !

— Tais-toi !

Vincenzo ouvrit son manuel d'exorcisme.

— Exorcizamus te, omnis immunde spiritus, omnis satanica potestas, omnis incursion infernalis adversarii, omnis legio, omnis congregatio et secta diabolica, in nimine et virtute Domini nostri Jesu…

Signe de croix sur lui et sur les trois amis

—… Christi, eradicare et effugare a Dei Ecclesia, ab animabus ad amaginem Dei Conditis ac pretiose divini Agnis sanguine redemptis...

Nouveaux signes de la croix sur lui-même et sur les trois amis.

— … Non ultra audeas, serpens callidissime, decipere humanum genus, Dei Ecclesiam persequi, ac Dei electos excutere et cribrare sicut triticum.

Raphaël hurlait de douleur, de la fumée noire sortait de son corps, son visage rougissait et gonflait à vue d'œil. Carlo s'inquiétait pour sa santé. Lucas tremblait, les yeux révulsés. Une écume blanchâtre coulait de ses lèvres. Yannick regardait, effaré, ses deux amis et étreignait le crucifix. Vincenzo fit signe à Daniel que c'était le moment. Le militaire passa devant Raphaël en prenant soin de ne pas marcher sur le sel et l'huile qui l'entouraient et laissa tomber une allumette enflammée sur l'huile. Aussitôt, toute l'huile s'embrasa, créant un petit cercle de feu bleu autour de Raphaël qui se mit à gémir de douleur. Il fit de même avec les cercles d'huile qui entouraient Yannick et Lucas.

— Ne nous cramez pas, supplia Yannick.

— Tu n'as rien à craindre, répondit Daniel.

Le cercle enflammé reflétait une magnifique couleur bleutée. Les flammes n'étaient pas hautes, mais la chaleur qu'elles dégageaient était forte et réconfortante à la fois. Des gouttes de sueur perlaient sur le front de Vincenzo. Il devait en finir avec cette histoire et vite. Raphaël guettait ses gestes de ses yeux noirs. Il était inquiet.

— Que vas-tu faire le prêtre ?

— Te dégager de ce corps, vu que tu ne comprends pas qu'il n'est pas ta demeure.

— T'es un meurtrier !

— Un meurtrier de démon. Maintenant, tais-toi ! Dieu le Père te commande, Dieu le Fils te commande, Dieu le Saint Esprit te commande ! J'invoque saint Ambroise, qu'il prenne place à l'intérieur des cercles de feu et qu'il te chasse, esprit impur.

Soudain, un craquement retentit et résonna contre les murs de brique de la petite chapelle.

— Il arrive, cria Vincenzo, il arrive pour te chasser.

Une lumière vive envahit la chapelle. Vincenzo ferma les yeux et les cacha sous son bras pour éviter que cette puissante lumière lui brûle la cornée.

— Fermez vos yeux ! Ne regardez pas la lumière !

Raphaël poussa un gémissement strident, suivi d'une brève plainte. Bruit d'une bourrasque à l'intérieur de la chapelle. Puis, le calme après la tempête. Vincenzo ouvrit les yeux. La lumière avait disparu. Les flammes autour des trois amis étaient éteintes. Tout semblait être redevenu tranquille. Vincenzo regarda ses trois protégés. Ils paraissaient dormir paisiblement.

— Père Rinaldi, veuillez les ausculter s'il vous plaît.

Carlo ouvrit les yeux à son tour et se précipita sur Raphaël. Il écouta son cœur, prit sa tension, son pouls.

— On dirait qu'il dort.

— Que s'est-il passé, demanda Matt.

— Saint Ambroise nous a rendu visite, répondit Vincenzo. Vite, amenons-les dans leur chambre avant qu'ils ne se réveillent.

— C'est fini, demanda Dimitri, c'est tout ?

— Oui, monsieur Marchand, c'est fini, dit Vincenzo. Le temps jouait contre nous, alors j'ai fait appel à mes relations. J'ai pensé qu'un coup de main divin nous serait très utile et il est arrivé juste à temps. Le démon est parti, mais notre travail n'est pas encore terminé.

Vincenzo, Carlo et Daniel s'occupèrent de faire réintégrer les trois amis dans leur chambre. Ils les couchèrent dans leur lit.

— Ils vont se réveiller demain matin en pleine forme, dit Vincenzo.

Daniel, en passant devant le bureau des infirmiers s'occupant de l'UMD, replaça dans la poche de l'un d'eux les clés de la grille métallique qui fermait la seconde unité ainsi que le badge de l'ascenseur.

— Tout est en ordre, dit-il. Personne ne s'apercevra de notre visite.

Pendant ce temps, Dimitri, Élisabeth, Matt et Margareth s'occupèrent de nettoyer la chapelle. L'équipe au complet se retrouva au niveau du hangar de l'hôpital et sortit ensemble du bâtiment. Matt remit en fonction les caméras de surveillance et les alarmes.

— Voilà, ni vu ni connu.

Sur le petit sentier qui les menait au Traveller, Matt était perplexe. Quelque chose le chiffonnait.

— J'ai rien compris à cette enquête.

Vincenzo lui tapota amicalement l'épaule.

— Cher monsieur Bohé, en vérité je vous le dis, les chemins du Seigneur sont parfois tortueux, mais il nous laisse toujours des signes. Nous avons accompli notre devoir et c'est tout ce qui compte. Mais comme le doute est une faille que le démon utilise pour nous manipuler, il faut le faire taire, alors je reste à votre disposition pour écouter vos questions.

— Mon Père, tout s'est passé tellement vite ! Je sais comment nous en sommes venus à penser que Raphaël Bison était possédé, nous en avions quelques preuves, ainsi que ses deux amis. Ce que je ne comprends pas, c'est pourquoi le démon s'en est pris à eux, et, est-ce que c'était la poupée qui était possédée et qu'est-ce qu'on fait de la poupée Robert. Et que vient faire l'histoire d'Amityville ?

Vincenzo sourit.

— La poupée Robert est un sujet qui ne nous concerne pas. La poupée Robert est un objet anodin devenu un mythe qui alimente beaucoup de fantasmes. Cette poupée est inoffensive. Quant à nos trois jeunes amis, en s'intéressant à l'occulte et au paranormal, ils ont tissé des liens avec le démon. Lorsqu'ils sont entrés dans la maison d'Amityville, le démon les a vus. Mais Amduscias ne les a pas salués, comme l'on peut l'imaginer sur la photographie, il ne disait pas bonjour à nos trois amis, mais à Baalbérith qui se trouvait déjà présent derrière eux. Baalbérith les a tentés pour qu'ils pénètrent illégalement dans la maison et pas la suite il a usé de son pouvoir ordinaire pour les amener à concocter toute cette histoire de rituel et d'échange de réceptacles. L'accord des trois hommes lui était indispensable pour pouvoir agir, et ils le lui ont donné lors du rituel. C'est pour cela que l'on dit que manipuler les sciences occultes est dangereux, ce n'est pas un jeu.

Matt hocha la tête. Une question lui trottait encore dans la tête.

— Je sais que Dimitri avait deviné le nom du démon, mais vous, comment saviez-vous quel saint invoquer ?

— Chaque démon a une ou des faiblesses combattues par des vertus et chaque saint possède une ou des vertus.

— Est-ce que saint Ambroise est vraiment apparu ?

Vincenzo s'arrêta et se tourna vers Matt.

— Voyons monsieur Bohé, vous n'êtes pas surpris lorsqu'un démon apparaît et vous êtes surpris de l'apparition d'un saint !

Matt baissa la tête.

****

De retour de Rome, Matt se précipita chez Crystal. Cette dernière rangeait ses documents.

— Tu ne croiras jamais ce qu'on a vu, dit-il. Un saint nous a aidés !

Crystal sourit. Elle aimait lorsque Matt s'extasiait ainsi, elle le trouvait adorable.

— C'était incroyable !

Crystal lui tendit un verre d'eau.

— Calme-toi et raconte-moi.

— J'vais faire mieux que ça, j'vais te montrer !

Il posa son ordinateur portable sur le bureau de son amie. Crystal esquissa un sourire en pensant qu'elle n'avait jamais encore vu Matt sans son PC. Le jeune l'homme l'ouvrit et démarra une vidéo, celle de l'exorcisme réalisé dans la chapelle de l'hôpital Sainte-Anne. Mais qu'elle fut sa déception de découvrir qu'au moment de l'apparition de la lumière blanche, l'enregistrement s'était arrêté, reprenant au moment où tous avaient rouvert les yeux.

— Quoi ? Mais c'est impossible !

Crystal se mit à rire.

— Au contraire, dans notre domaine, tout devient possible. Allez viens, tu vas m'offrir un bon petit restaurant, je meurs de faim.

Et elle lui prit le bras pour le tirer hors de la pièce.

— Attends, faut que j'prenne mon ordi !

— Tu n'en as pas besoin ce soir et là où il est, il ne risque pas de disparaître.

Au même moment, Dimitri passa la tête par la porte.

— Nous avons décidé d'aller dîner en ville, vous vous joignez à nous ?

— Avec plaisir, s'écria Crystal.

Dimitri se tourna vers Matt.

— Qu'est ce qu'il se passe ? Tu m'as l'air contrarié.

— En fait, j'ai voulu visionner la vidéo de l'exorcisme, mais tout le pan concernant l'apparition de saint Ambroise est manquant.

Le démonologue se mit à rire de bon cœur.

— C'est normal ! Les anges célestes et les saints n'aiment pas se montrer. Ils se matérialisent rarement et sans trop de bruit, contrairement aux démons.

Matt était déçu. Il aurait tellement aimé voir un ange ou un saint. Sa mauvaise humeur disparut lorsqu'il vit toute l'équipe qui l'attendait pour aller manger un morceau. Entre collègues et amis ! Entre Purificateurs !

Du même auteur

Le Manipulé

Les 7 + 1 Péchés Infernaux

Je suis mort

Recueil des légendes de la Dame Blanche

Les meilleurs dossiers Warren

Les Purificateurs épisode 1: L'île Poveglia

Les Purificateurs épisode 2 : Amityville

Les Purificateurs épisode 3 : Shuyukan

L'exorcisme et la possession démoniaque

L'influence du démon dans l'histoire de l'humanité

Dictionnaire de démonologie occidentale

Blog de l'auteur : Journal d'une démonologue (https://journal-d-une-demonologue.fr/)

N°siret 518 653 878 00026
2 impasse de la Grande Fontaine
84350 COURTHEZON
06 43 70 54 63

Dépôt légal : mars 2019

Achevé d'imprimer en mars 2019

Printed by Lulu